古人的奇幻世界

博物志

[晋]张华/撰　李聪/绘

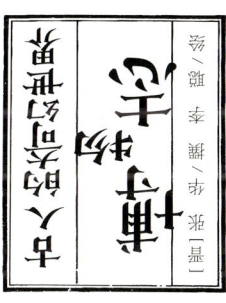

江西美术出版社
全国百佳出版单位

出版说明

《古人的奇幻世界》丛书以探寻古人的幻想世界为出发点，聚焦古人对于神仙之道、鬼怪之事、怪诞之实的描述，侧面展现古人奇妙瑰丽的精神世界，了解古人眼里的世界到底是什么模样。

本丛书延续了《古人的雅致生活》丛书的体例布局，原文与译文对照阅读、精美配画辅助理解，同时配画力求反映原文之大意，以图说文，兼具欣赏与实用性。

《搜神记》是晋人干宝所写的一部志怪小说，书中收入了古代及当时流传的各种神仙鬼怪故事，意在说明神仙之道实有、鬼怪之事不诬的有神论观念。干宝著此书的缘由来源于自己的亲身经历，他对神仙鬼怪之事深信不疑。在完成此书后干宝曾将其献给当时的名士刘惔赏阅，刘惔观后认为干宝是『鬼之董狐』，即干宝是一位敢于秉笔直书、如实记载奇闻怪事的好史官。《搜神记》不仅是志怪小说的典范，而且是唐宋传奇、宋元话本、明清戏曲与小说取之不尽的素材源泉，对后世影响甚大。

《子不语》是清代袁枚所编撰的短篇小说集。书名取自《论语·述而》『子不语怪、力、乱、神』，言其所著皆为鬼神怪异之事。此书内容博杂，文笔生动，其与别书不同之处在于借奇闻逸事针砭世态人情，揭露官场黑暗，同时尊重人性，批判了朱子『存天理灭人欲』的思想观念，这在当时是极为难能可贵的。该书所反映的思想具有民主性进步色彩，也反映了当时士大夫在当时社会扮演着极为重要的角色。

《神仙传》是晋代葛洪所著的一部道教经典，主要以人物传记的形式描写众神成仙的传说。书中的故事有大量详细的细节，有些是葛洪根据传说添加了个人想象后进行的再创作，因此故事生动有趣，很有可读性，对后世的文学创作产生了一定的影响，书中描述的种种神通之术如变身术、分身术、隐身术、腾云驾雾等在后世文学作品如《西游记》里得到发扬光大，为世人所熟知。同时也贡献了一批至今仍耳熟能详的成语或典故，如『一人得道鸡犬升天』『沧海桑田』『杏林』『橘井』等。

由于上述作品原文篇幅过长，在不影响原文大意的前提下，我们对部分内容进行了相应的精简调整，以更切合图书体例，符合读者的阅读习惯。

《博物志》是西晋张华编撰的神话志怪小说集。全书共十卷，分类记载异境奇物、古代琐闻杂事及神仙方术等。《博物志》所记山川地理深受《山海经》的影响，其余内容多取材于古籍，如前三卷所记为山川物产、外国、异人、异俗、异产、异兽、异鸟、异虫、异鱼等，性质大略相当于《山海经》的缩写，内容部分采自古籍，又杂以新的传闻。其中既有五岳，又叙『海外各国』，称五岳为『华、岱、恒、衡、嵩』。张华还精通方术，《博物志》除记有神人、神宫、神像、不死树外，还讲到了方士的活动，宣扬服食导引之法。可见张华的知识十分渊博，内容涵盖了神话、古史、博物，包罗繁杂，其中还保存了不少古代神话材料。该书虽没有被收入《道藏》，但历来为道教所重视，其中神仙资料常常为道教研究者引用。

目录

卷壹

地理略自魏氏目已前夏禹治四方而制之

原

余视《山海经》及《禹贡》《尔雅》《说文》地志，虽曰悉备，各有所不载者，作略说。出所不见，粗言远方。陈山川位象，吉凶有征。诸国境界，犬牙相入。春秋之后，并相侵伐。其土地不可具详，其山川地泽，略而言之，正国十二。博物之士，览而鉴焉。

《河图括地象》曰：地南北三亿三万五千五百里。地部之位起形高大者有昆仑山，广万里，高万一千里，神物之所生，圣人仙人之所集也。出五色云气，五色流水，其泉南流入中

译

我看《山海经》《禹贡》《尔雅》《说文》及其他地理著作，虽然它们关于地理方面的记载都颇为详尽了，却均有所遗漏，因而我撰写了这篇《地理略》。我将尚未见载的内容补充出来，对远方的地理概况做粗略的介绍，并对山河的方位状貌及其所标示的吉凶征兆加以叙述。各国的交界线本很曲折，它们如同犬牙一般上下交错，再者自春秋后，各国之间攻伐兼并不断，因而各国的领土情况难以准确详说。至于山脉、土地、河流、湖泽的情况，可以大略说说，将主要分十二个国家叙说。博识多知之士，读毕此文请予明察。

《河图括地象》上说：地的南北距离为三亿三万五千五百里。地神所处的位置上，有一座拔地而起、高大雄峻的昆仑山。此山绵延万里，

原

国，名曰河也。其山中应于天，最居中，八十城布绕之，中国东南隅，居其一分，是好城也。

中国之城，后滨海，右通流沙，方而言之，万五千里。东至蓬莱，西至陇右，右跨京北，前及衡岳，尧舜土万里，时七千里。亦无常，随德劣优也。

译

高一万一千里，山中是神异物类生长的地方，亦是圣人仙人们聚会悠游的地方。山中有五色之云气、五色之流水，其中泉水向南流入中国境内，其名叫作黄河。昆仑山与天的正中位置相对应，居于地的最中央，有八十个州分布环绕在它的周围。中国处于东南方，是其中的一个州，这是一块上佳的地域。

中国的疆域，左靠大海，右通沙漠。以正方而言，边长可达一万五千里。东至蓬莱，西抵陇右，向北越过荆北地区，向南直达南岳衡山。尧舜之时，土地方圆有一万里，到商汤时变作七千里，这以后疆域的范围也没有恒定的标准，总是随着君主的德行优劣而变化。

原

尧别九州，舜为十二。

译

尧在位时将中国的疆域分为九州，舜时则分为十二州。

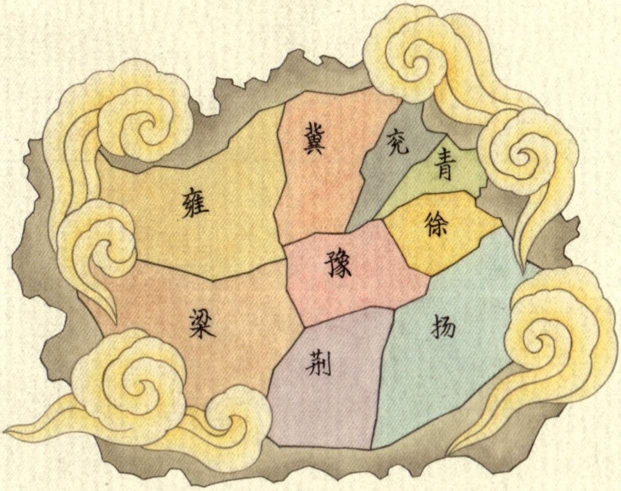

原译

秦，前有蓝田之镇，后有胡苑之塞，左崤函，右陇蜀，西通流沙，险阻之国也。

秦，南面有蓝田关这样的重镇，北面有与胡地相接的边塞，左面有崤山与函谷关，右面则是陇右和蜀地，西南方向又一直通往沙漠地区。这是一个形势险要的国家。

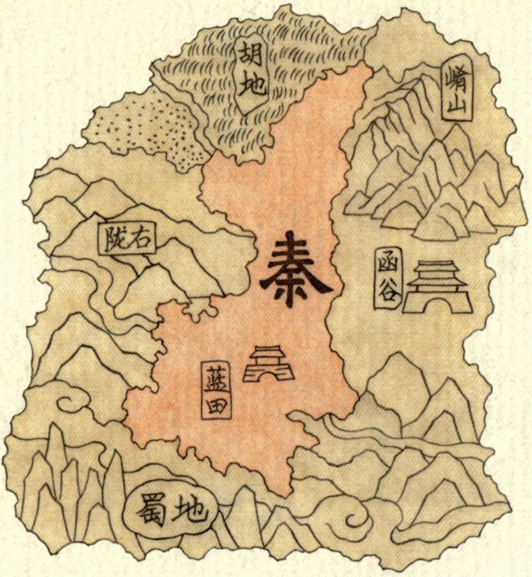

原

蜀汉之土与秦同域，南跨邛笮，北阻褒斜，西即隈碍，隔以剑阁，穷险极峻，独守之国也。

译

蜀汉的领土与秦在同一个区域，南面跨越邛都、笮都两个小部落国，北面以褒斜道为阻隔，西面临近隈碍这一天然屏障，加之剑阁天险把它与外界隔绝开来，因此这是个适合独自据守的国家。

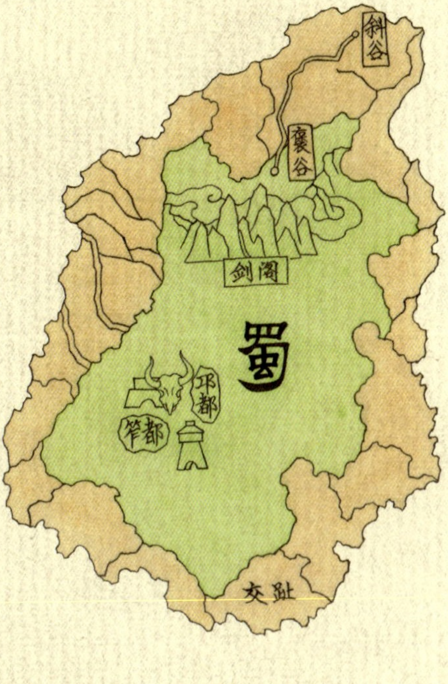

原

周在中枢，西阻崤谷，东望荆山，南面少室，北有太岳，三河之分，雷风所起，四险之国也。

译

周王室的领地处于中心枢纽位置，西南方有崤山、函谷关作为屏障，向东望去可见荆山，南面则朝向少室山，北面有太岳山脉。它位于河东、河内、河南的分界处，风雨从这里兴起。这是一个四面都是要塞的国家。

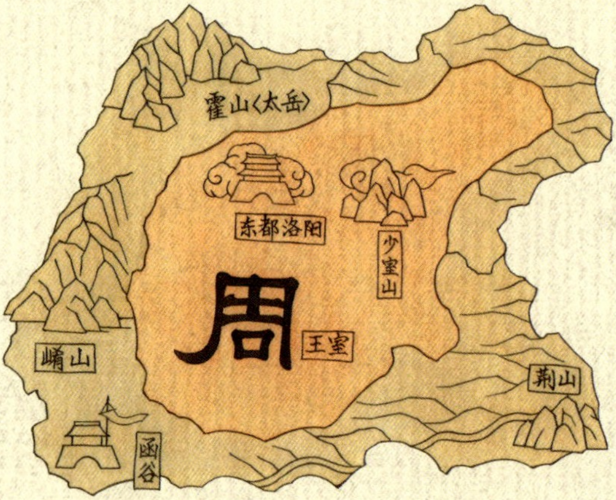

原

魏，前枕黄河，背漳水，瞻王屋，望梁山，有蓝田之宝，浮池之渊。

译

魏，前枕黄河，背靠漳水，瞻望王屋山和吕梁山，境内有出产美玉的蓝田和名为浮池的深潭。

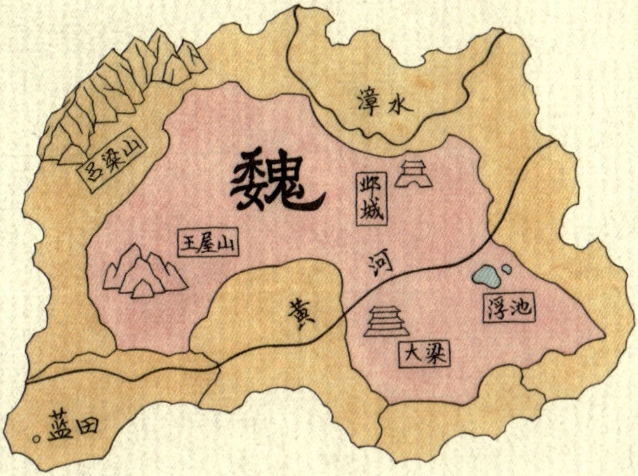

原

赵，东临九州，西瞻恒岳，有沃瀑之流，飞壶、井陉之险，至于颍阳、涿鹿之野。

译

赵，东至九门，西望恒山，有倾泻奔涌的流泉，有飞壶、井陉这样的地理要隘。赵国的地域可以一直延伸到颍阳、涿鹿之野去。

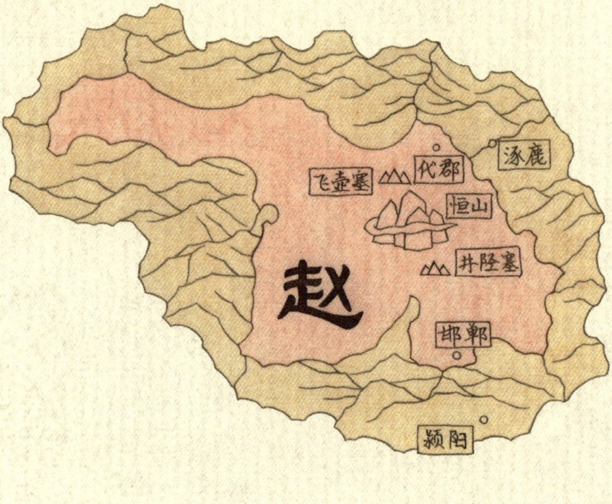

原 译

燕，却背沙漠，进临易水，西至军都，东至于辽，长蛇带塞，险陆相乘也。

燕，向后方背靠沙漠，向前方面临易水，西抵军都，东至辽河，有带状的边塞，如同长蛇蜿蜒一般，境内的险地一个紧连着一个。

原 译

齐，南有长城、巨防、阳关之险；北有河、济，足以为固；越海而东，通于九夷；西界岱岳、配林之险，坂固之国也。

齐，南面有长城、巨防、阳关等险关要隘，北有黄河、济水作为坚固的防线。越过海的东面，与九种外族相通。西面与巍峨的泰山、配林山相接界。这是一个险要且易守难攻的国家。

原 译

鲁，前有淮水，后有岱岳、蒙、羽之向，洙、泗之流。大野广土，曲阜尼丘。

鲁，前有淮河，后有泰山，它面对着蒙、羽二山，洙、泗二水从境内穿流而过。在这片广袤的沃野上，诞生了华夏文明中光耀千古的圣贤——曲阜孔丘。

原

宋，北有泗水，南迄睢𬇙，有孟诸之泽、砀山之塞也。

译

宋，北面有泗水，南面一直到睢水和𬇙水，有名为孟诸的大沼泽，有砀山这样的要塞。

原 译

楚，后背方城，前及衡岳，左则彭蠡，右则九疑，有江汉之流，实险阻之国也。

楚，后方背靠方城山，前方一直抵达衡山，左面有彭蠡湖，右面有九疑山，有长江与汉水穿流过境，委实是个地形险要的国家。

原

译

南越之国，与楚为邻。五岭已前至于南海，负海之邦，交趾之土，谓之南裔。

南越这个国家，与楚是邻邦。它从五岭起始，向前方一直延伸至南海，国土背靠大海，跨越交趾地区，人们将它称作『南裔』。

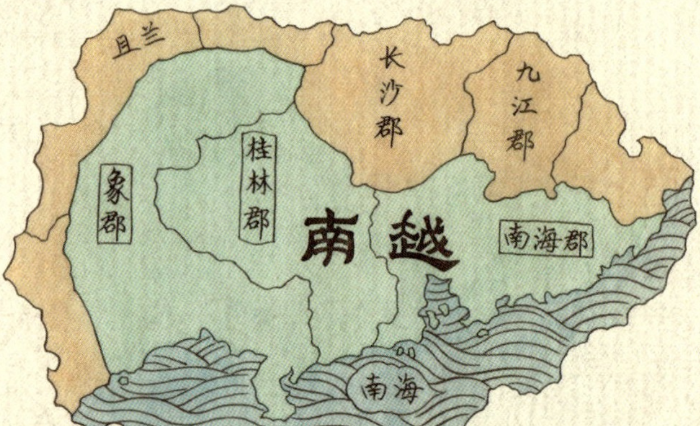

原

吴，左洞庭，右彭蠡，后滨长江，南至豫章，水戒险阻之国也。

译

吴，左扶洞庭湖，右揽彭蠡湖，北面濒临长江，向南直达豫章郡，是个以水为界，地理形势十分险要的国家。

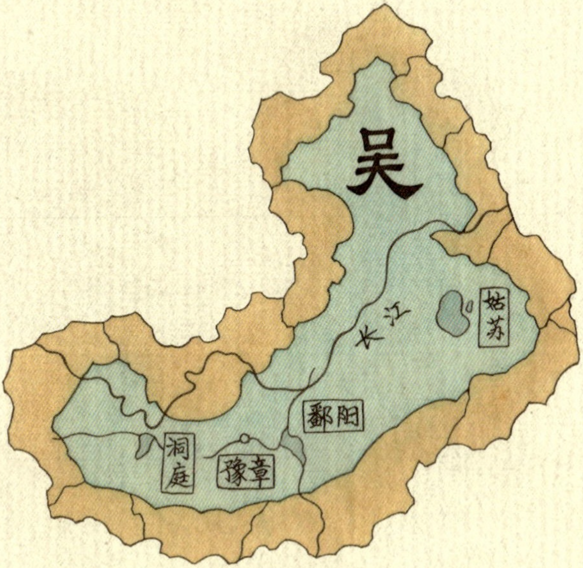

原
译

东越通海，处南北尾间之间。三江流入南海，通东治，山高海深，险绝之国也。

东越通向大海，这片海位于南海与北海的交界处。东越境内的众多河流注入南海，其地域延伸到东治一带。此处山高海深，是个地理形势险峻之极的国家。

原

卫，南跨于河，北得淇水，南过汉上，左通鲁泽，右指黎山。

译

卫，向南越过黄河，北方有淇水过境，南方则经过濮水之上，向左可通阿泽，向右直指黎山。

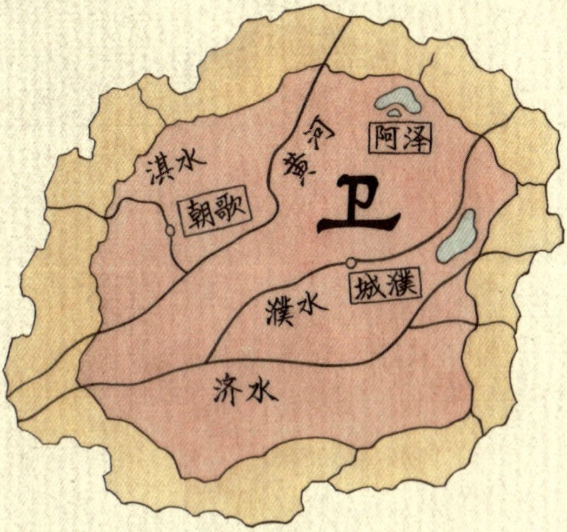

原

赞曰：地理广大，四海八方。遐远别域，略以难详。侯王设险，守固保疆。远遮川塞，近备城堭。司察奸非，禁御不良。勿恃危阨，恣其淫荒。无德则败，有德则昌。安屋犹惧，乃可不亡。进用忠直，社稷永康。教民以孝，舜化以彰。

译

赞曰：中国的疆域何其辽阔广大，它贯通四海与八方。遥远的异地绝国，只能略说而难以叙述周详。王侯们各自设下险关重隘，守卫国土边疆。远有山川要塞作为掩蔽，近有护城壕沟以为备防。要严加察查朝中的奸佞之徒，随时准备抵御来犯之敌。勿要倚仗地形的险要，无所顾忌地放任荒淫。君王若是无德，必将导致国家败亡；君主贤明有德，国家必定昌盛兴旺。安居时依然要戒惧思危，才能使国家永远不亡。进用忠直良善的人才，国家定可永葆安康。要以孝道来教化万民，使得虞舜的教诲永得昭彰。

地

原

天地初不足，故女娲氏炼五色石以补其阙，断鳌足以立四极。其后共工氏与颛顼争帝，而怒触不周之山，折天柱，绝地维。故天后倾西北，日月星辰就焉；地不满东南，故百川水注焉。

译

上古时期天地皆有塌陷的地方，所以女娲就采炼五色石来补缺，又斩下海中巨龟的四足作为柱子将天顶住。后来共工氏与颛顼争夺帝位，共工战败，他盛怒之下一头撞在不周山上，导致天柱摧折了，维系大地的绳子也断了。因此天向西北方斜上去，日月星辰便向那里移动；地的东南角凹陷下去，于是诸多江河的水便向那里倾泻。

原

昆仑山北，地转下三千六百里，有八玄幽都，方二十万里。地下有四柱，四柱广十万里。地有三千六百轴，犬牙相举。

泰山一曰天孙，言为天帝孙也。主召人魂魄。东方万物始成，知人生命之长短。

《考灵耀》曰：地有四游，冬至地上北而西三万里，夏至地下南而东三万里，春秋二分其中矣。地常动不止，譬如人在舟而坐，舟行而人不觉。七戎六蛮，九夷八狄，经总而言之，谓之四海。言皆近海，海之言晦昏无所睹也。

地以名山为辅佐，石为之骨，川为之脉，草木为之毛，土为之肉。三尺以上为粪，三尺以下为地。

译

在昆仑山的北方地势趋于低下的三千六百里处，有个八方阴暗的日没之处，那里叫作『幽都』，足有二十万里见方。地下有四根大柱，每根柱子直径为十万里。大地又有三千六百根轴，它们犬牙交错，相互牵制。

泰山又名天孙，据说它是天帝的孙子。它掌管着召人魂灵的事情。东方是世间万物开始生长的方位，故而泰山主管人寿命的长短。

《尚书·考灵耀》上说：大地向四面升降游动，当冬至时，大地会向上运行，由北而西三万里；当夏至时，大地会向下运行，由南而东三万里；春秋两季则介于二者之间。地面是经

常运动的，但人们却难以觉察，就好像人坐在关闭着窗户的大船中，船在开行，人却感受不到船在行驶。天地间四方都有海水相通，地在其中所占的比例很小。东南西北诸民族的形貌、人种都各不相同，人们把他们总称为『四海』，是说他们都靠近大海，海还含有昏暗愚昧未曾开化的意思。

土地以名山作为辅佐，以石头作为骨骼，以河流作为脉络，以草木作为毛发，以土壤作为肌肉。地表的三尺以上是地气，三尺以下才是地，是阴气聚积之处。

山

原

五岳：华、岱、恒、衡、嵩。

按北太行山而北去，不知山所限极处。亦如东海不知所穷尽也。

译

五岳：西岳华山、东岳泰山、北岳恒山、南岳衡山、中岳嵩山。

循着太行山向北去，不知山的尽头在何方。就如同东海不知哪里才是它的尽头一样。

原

石者，金之根甲。石流精以生水，水生木，木含火。

译

石头，是金产生的本源。石头流出精华则会形成水，水又能够产生木，木当中蕴含着火。

汉北广远，中国人鲜有至北海者。汉使骠骑将军霍去病北伐单于，至瀚海而还，有北海明矣。

周日用曰：余闻北海，言苏武牧羊之所去，年德甚迩，柢一池，号北海。苏武牧羊，常在于是耳。此地见有苏武湖，非北溟之海。

汉使张骞渡西海，至大秦。西海之滨，有小昆仑，高万仞，方八百里。东海广漫，未闻有渡者。

南海短狄，未及西南夷以穷断。今渡南海至交趾者，不绝也。

大漠以北的地区范围辽阔，路途遥远。中原人少有到过北海的。西汉武帝派遣骠骑将军霍去病向北攻打匈奴，一直打到瀚海才返回，北海的存在现今是明白无疑的事实了。

汉使张骞曾渡过西海，到达大秦。西海之滨有座山叫小昆仑，高万丈，方圆八百里。东海广阔浩渺，还未听说有谁曾渡过东海的。

南海短狄人的分布，还未到巴蜀西南地区就已中断。如今短狄人渡过南海前去交趾的，一直络绎不绝。

原 译

《史记·封禅书》云：威宣、燕昭遣人乘舟入海，有蓬莱、方丈、瀛州三神山，神人所集。欲采仙药，盖言先有至之者。其鸟兽皆白，金银为宫阙，悉在渤海中，去人不远。

《史记·封禅书》上说：齐威王、宣王和燕昭王曾派人乘船入海。海上有蓬莱、方丈、瀛州三座神山，那儿是神仙聚居的地方。他们打算前往那儿采集仙药，据说先前已有人到过三座神山。传说山上的鸟兽都是白色，宫殿都是以黄金白银建成的，这三座神山都在渤海中，离人世间不远。

原

四渎：河出昆仑墟，江出岷山，济出王屋，淮出桐柏。八流亦出名山：渭出鸟鼠，汉出嶓冢，洛出熊耳，泾出少室，汝出燕泉，泗出涪尾，沔出月台，沃出太山。水有五色，有浊有清。汝南有黄水，华山有黑水、泞水。渊或生明珠而岸不枯，山泽通气，以兴雷云，气触石，肤寸而合，不崇朝以雨。

译

四条大河：黄河出自昆仑山，长江出自岷山，济水出自王屋山，淮河出自桐柏山。八条水流亦出自名山：渭水出自鸟鼠山，汉水出自嶓冢山，洛水出自

熊耳山，泾水出自少室山，汝水出自燕泉山，泗水出自涪尾山，沔水出自胡台山，沃水出自泰山。水有五色，有清浊之分，汝南有黄水，华山有黑水、泞水。深渊若是生长明珠，那么渊边山崖都会光彩纷呈；高山水泽气流相通，自然就会产生雷云。云气接触到山石，渐渐聚合在一起，于是过不久就会降雨。

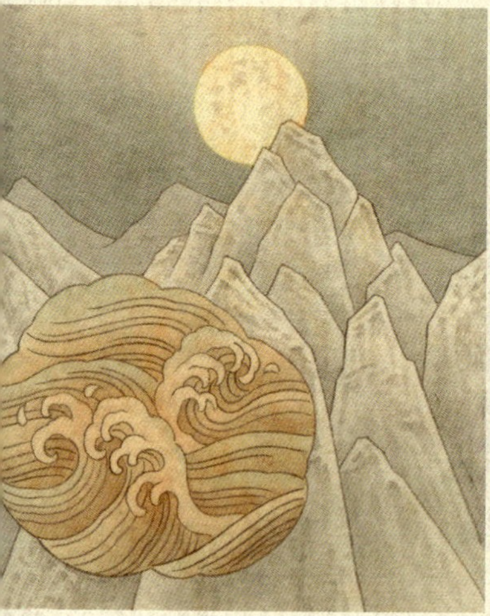

原

江河水赤，名曰泣血。道路涉骸，于河以处也。

译

长江、黄河的水都变成了红色，据卜问说是人哭泣时流下的血泪所染红的。草莽塞满了道路，何处才是止息的地方！

山水总论

原

五岳视三公，四渎视诸侯。诸侯赏封内名山者，通灵助化，位相亚也。故地动臣叛，名山崩，王道讫，川竭神去，国随已亡。海投九仞之鱼，流水涸，国之大诫也。泽浮舟，川水溢，臣盛君衰，百川沸腾，山冢卒崩，高岸为谷，深谷为陵，小人握命，君子陵迟，白黑不别，大乱之征也。

《援神契》曰：五岳之神圣，四渎之精仁，河者水之伯，上应天汉。太山，天帝孙也，主召人魂。东方万物始成，故知人生命之长短。

译

祭祀五岳，应该比照三公宴会礼物之数；祭祀四渎，应该比照诸侯宴会礼物之数。之所以诸侯只能祭祀自己封地境内的名山大川，是因为在通神灵以帮助化育万民方面，它的地位与三公比要次一等。若是发生地震，就会产生臣下叛乱；若是名山崩塌，讲求仁义的王道就会终结；若是河水枯竭，神灵的护佑就会离去，国家就随之灭亡了。往海中投入七八丈长的大鱼，流水干涸，对国家来说是个大警示。沼泽可以浮起船只，河水涨溢，是臣盛君衰的迹象；大小江河沸腾，山峰倒塌乱石崩裂，高山变作深谷，深谷变为山陵，预示着小人执掌国家命运，而君子一天天困厄，这种黑白不辨的情况，是大乱的兆头。

据《援神契》上说：五岳的精灵，势盛而圣聪；四渎的精灵，仁慈而明察；黄河是水官，它与天上的银河遥遥相应。泰山是天帝之孙，主管召人魂灵。东方是万物开始生长的方位，所以泰山主管人的寿命长短。

五方人民

原

东方少阳，日月所出，山谷清，其人佼好。

译

东方是阳气发动、日月升起的地方，这里的山谷清峻明朗，这里的人相貌俊美。

原

西方少阴，日月所入，其土窈冥，其人高鼻、深目、多毛。

译

西方是阴气发动、日月落下的地方，这里土地幽暗昏沉，这里的人鼻梁高，眼窝深陷，面上毛发旺盛。

原

南方太阳，土下水浅，其人大口多傲。

译

南方是阳气旺盛之地，地势低下水流较浅，这里的人，口大眼睛也大。

原

北方太阴，土平广深，其人广面缩颈。

译

北方是阴气极盛之地，土地平坦广阔，这里的人面部宽大，头颈短。

原

中央四析，风雨交，山谷峻，其人端正。

译

中央是四面缺乏屏障、容易遭受攻击的地方，风雨在此交汇，山峻谷深，这里的人容貌端正。

原

译

南越巢居，北朔穴居，避寒暑也。

南方人筑巢而居，北方人挖洞穴而居，为了躲避寒暑。

原 译 注

东南之人食水产，西北之人食陆畜。食水产者，龟蛤螺蚌以为珍味，不觉其腥臊也；食陆畜者，狸兔鼠雀以为珍味，不觉其膻也。

有山者采，有水者渔。山气多男，泽气多女。平衍气仁，高凌气犯，丛林气躄，故择其所居。居在高中之平，下中之高，则产好人。

居无近绝溪，群冢狐虫之所近，此则死气阴匿之处也。

山居之民多瘿肿疾，由于饮泉之不流者。今荆南诸山郡东多此疾瘇。由践土之无卤者，今江外诸山县偏多此病也。

卢氏曰：不然也。在山南人有之，北人及吴楚无此病，盖南出黑水，水土然也。如是不流泉井界，尤无此病也。

东南方的人吃水产品，西北方的人吃陆上的牲畜。以水产为食的，将乌龟、蛤蜊、海螺、河蚌作为美味，却不觉腥臭；以牲畜为食的，将狐狸、兔子、老鼠、鸟雀作为美味，却不觉得腥膻。

居地有山的在山中采伐，居地近水的在水中捕捞。沐浴山气的多生男，沐浴水泽气的多生女。沐浴平原之气的人多仁慈宽厚，沐浴高原之气的人多冲动冒失，沐浴丛林之气的人多瘸腿，因此对居住地要有所选择。住在高原中的平坦处，或平原中的高地，就能生下身心健康的人。

住地不要选择靠近溪流断绝的地方，那儿坟墓众多，是狐狸、虫豸出没的地方，这就是死气隐藏之处。

山区居民多患有颈部长瘤的疾病，这是因为喝了不流动的泉水，现在荆南群山的州郡以东有不少人患这种病。脚肿，是因为踩踏了没有碱性的土地，现在江南的山区县患这种病的人较多。

物产

原

地性含水土山泉者，引地气也。山有沙者生金，有榖者生玉。名山生神芝，不死之草。上芝为车马，中芝为人形，下芝为六畜。土山多云，铁山多石。五土所宜，黄白宜种禾，黑坟宜麦黍，苍赤宜菽芋，下泉宜稻，得其宜，则利百倍。

译

土地的形态包括水、土、山、泉，它们各自牵连着地气。有沙石的山能出产金，能种粮的山会出产玉。名山上会生出灵芝草，这是一种吃了能长生不老的草。上等的灵芝呈车马形，中等的呈人形，下等呈六畜形。土质之山多云雾，产铁之山多石头。五种颜色的土壤有各自适宜种植的庄稼：黄白土壤适合种植小米，黑色高地适宜种植麦子和高粱，青色与红色土壤宜于种植豆类和芋头，低下多水的土壤宜于种稻。根据不同的土质种植适宜的庄稼，就能获取百倍的利益。

原译

和气相感则生朱草。山出象车，泽出神马，陵出黑丹，阜出土怪。江出大贝，海出明珠，仁主寿昌，民延寿命，天下太平。

名山大川，孔穴相内，和气所出，则生石脂、玉膏，食之不死，神龙灵龟行于穴中矣。

神宫在高石沼中，有神人，多麒麟，其芝神草有英泉，饮之，服三百岁乃觉，不死。去琅玡四万五千里。三珠树生赤水之上。

员丘山上有不死树，食之乃寿。有赤泉，饮之不老。多大蛇，为人害，不得居也。

在祥瑞之气感应下，大地上会长出朱草，山林里会生出象车木，湖泽里会跃出神马，高原上会产出黑丹砂，丘陵上会生出土怪，江河中会生出大贝，大海里会生出明珠。仁德的君主就会长寿康健，百姓的寿命亦会延长，天下就会太平。

天下的名山大川，其孔穴是相通的。祥瑞之气出自这些洞穴，因之会生出石脂和玉膏，人若吃了能长生不死。神龙灵龟也就常出没于这些洞穴之中了。

神宫在高石沼之中，那里有神仙，多麒麟。那儿的灵芝是神草，其花落入泉水，喝了这样的泉水，睡三百年才会醒过来，且可以不死。这神宫离琅玡山有四万五千里。在赤水之畔，生长着叶子都是珍珠的神树三珠树。

据说员丘山上有不死树，人若吃了它的果实就可以长寿。山上有赤泉，喝了这泉水便能永不衰老。但山上的大蛇很多，时常害人，故而不能居住。

卷贰

外国

原 译

夷海内西北有轩辕国，在穷山之际，其不寿者八百岁。渚沃之野，鸾自舞，民食凤卵，饮甘露。

白民国，有乘黄，状如狐，背上有角，乘之寿三千岁。

东方海内地区西北部有个轩辕国，在穷山的附近，这里寿命最短的人也有八百岁。在沃民居住的、被称作『沃野』的富饶原野上，有鸾鸟、凤鸟在怡然自得地歌舞，人们吃凤鸟产的卵，喝自天而降的甘美雨露。

白民国，有乘黄兽，外形像狐狸，背上生着两只角，若是有人骑了它，寿命将会延至三千岁。

原译

君子国，人衣冠带剑，使两虎，民衣野丝，好礼让，不争。土千里，多薰华之草。民多疾风气，故人不番息，好让，故为君子国。

三苗国，昔唐尧以天下让于虞，三苗之民非之。帝杀，有苗之民叛，浮入南海，为三苗国。

驩兜国，其民尽似仙人。帝尧司徒。驩兜民常捕海岛中，人面鸟口，去南国万六千里，尽似仙人也。

君子国，这里的人衣冠整洁，腰悬佩剑，役使着两头花斑猛虎在身旁。百姓穿着野丝织就的衣服，崇尚礼貌谦让，从不争斗。该国方圆千里，长有不少清晨开花，傍晚凋谢的薰华草。这儿的人大都怕风，所以不易繁衍，由于他们谦让不争，因此叫作君子国。

三苗国，昔日帝尧把天下礼让给虞舜，三苗部族的首领对此提出了非议。帝尧便杀了他，三苗的人民便随之反叛，后来他们乘船漂流到南海定居下来，建立了三苗国。

驩兜国，这里的人都像是仙人。祖先驩兜做过帝尧的司徒。驩兜国的百姓时常在海上捕鱼，他们长着人的面孔、鸟的嘴巴。这个国家距离中国南方有一万六千里。从画像上看，这些人的确像是仙人。

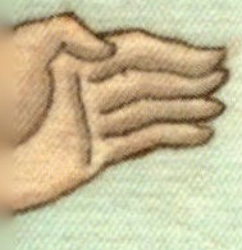

原

大人国，其人孕三十六年，生白头，其儿则长大，能乘云而不能走，盖龙类。去会稽四万六千里。

译

大人国，那里的人胎儿要在母腹中孕育三十六年才会降生。孩子一生下来便是满头白发，身材极其高大，能乘云驾雾却不能步行，大概是属于龙种一类。大人国距会稽山有四万六千里远。

原译

厌光国民，光出口中，形尽似猿猴，黑色。

厌光国的人，可以口中吐火，从画像上看其人形貌与猿猴相似，遍体黑色。

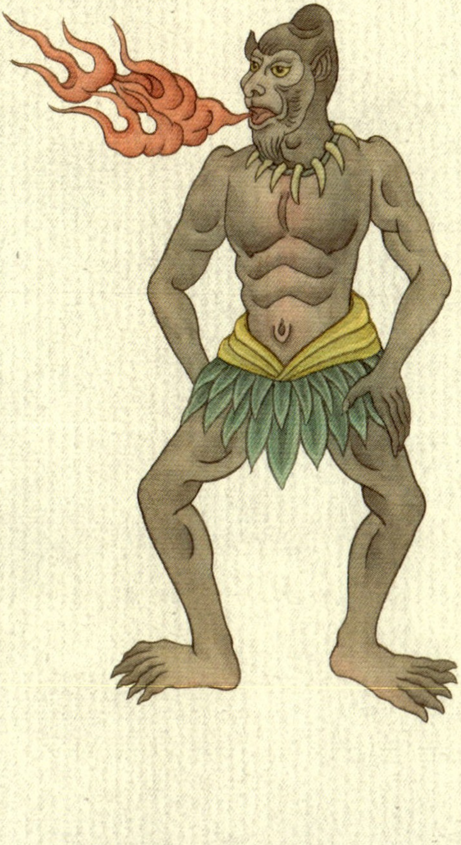

原

结胸国，有灭蒙鸟。奇肱民善为拭扛，以杀百禽，能为飞车，从风远行。汤时西风至，吹其车至豫州。汤破其车，不以视民，十年东风至，乃复作车遣返，而其国去玉门关四万里。

羽民国，民有翼，飞不远，多鸾鸟，民食其卵。去九疑四万三千里。

译

结胸国中有灭蒙鸟。奇肱国的人善于做各种灵巧的装置，用以捕杀鸟禽。还能制造飞车，乘风远行。商汤时有西风刮来，将飞车连人一起吹到了豫州。汤王毁掉他们的车，不让当地百姓看见。十年后又有东风刮来，汤王让他们重新做好飞车借风飞回去。这个奇肱国距玉门关有四万里远。

羽民国，这里的人生有双翅，却飞不远。当地多有鸾鸟，人们吃它们的卵。羽民国距九疑山有四万三千里。

原文

穿胸国，昔禹平天下，会诸侯会稽之野，防风氏后到，杀之。夏德之盛，二龙降庭。禹使范成光御之，行域外。既周而还至南海，经防风，防风之神二臣以涂山之戮，见禹使，怒而射之，迅风雷雨，二龙升去。二臣恐，以刃自贯其心而死。禹哀之，乃拔其刃疗以不死之草，是为穿胸民。

交趾民在穿胸东。

译文

穿胸国的来历：昔日夏禹平定了天下，宣召各路诸侯到会稽山野聚集，一个叫防风氏的酋长迟到了，禹便将他处死。夏禹执政有德，以至两条神龙降临到了他的庭堂上。禹便派范成光驾驭着神龙，护卫自己出游境外。走遍境外后回到南海，经过防风氏辖地时，防风氏的两个臣子怀着主公被禹杀害在涂山的深仇，一见禹便怒不可遏，拔箭朝他射去。突然狂风大作，雷电交加，两条神龙飞升而去。这两个臣子见状十分惊恐，便用刀刺穿了自己的心脏而死。禹怜悯他们，把二人穿胸而过的刀拔了出来，并用不死草为其治疗。如此一来，他们的后人就成了穿胸民。

交趾国在穿胸国的东面。

原

孟舒国民，人首鸟身。其先主为雪氏，训百禽，夏后之世，始食卵。孟舒去之，凤皇随焉。

译

孟舒国的人，人头鸟身。先代君王名叫雪氏，曾驯服上百种鸟。夏朝的时候，他们开始吃鸟卵。后来，当夏朝衰落，孟舒人离去，凤凰都跟随着他们。

异人

原

《河图玉板》云：龙伯国人长三十丈，生万八千岁而死。大秦国人长十丈，中秦国人长一丈，临洮人长三丈五尺。

禹致群臣于会稽，防风氏后至，戮而杀之，其骨专车。长狄乔如，身横九亩，长五丈四尺，或长十丈。

秦始皇二十六年，有大人十二见于临洮，长五丈，足迹六尺。东海之外，大荒之中，有大人国僬侥氏，长三丈。《诗含神雾》曰：东北极人长九丈。

译

据《河图玉板》上记载：龙伯国的人身高三十丈，活一万八千岁才死。大秦国的人身高十丈，中秦国的人身高一丈，临洮人身高三丈五尺。

禹召集群臣到会稽聚会，防风氏来迟，禹便将他处死，并将尸体陈列示众，他的一节骨头就装满了一车。长狄族的乔如，此人身子横下来要占九亩地的面积，身高五丈四尺，也有人说是身高十丈。

秦始皇二十六年，有十二个巨人出现在临洮，他们身高五丈，足迹有六尺长。东海之外，极其荒僻遥远的地方，有大人国僬侥氏，身长三丈。《诗含神雾》说：东北极地有一种人，身高有九丈。

原

东方有螗螂、沃焦。防风氏长三丈。短人身九寸。远夷之民雕题、黑齿、穿胸、檐耳、大足、岐首。

子利国，人一手两足，拳反曲。

无启民，居穴食土。无男女。死埋之，其心不朽，百年还化为人。细民，其肝不朽，百年而化为人。皆穴居处，二国同类也。

蒙双民，昔高阳氏有同产而为夫妇，帝放之北野，相抱而死，神鸟以不死草覆之，七年男女皆活，同颈二头、四手，是为蒙双民。

译

东方有名叫螗螂、沃焦的怪人。防风氏长三丈。短小的靖人长九寸。远方外族的名称，有雕题、黑齿、穿胸、檐耳、大足、岐首。

子利国，那儿的人只有一条胳膊两条腿，脚是反过来弯曲向上的。

无启国的人，居住洞穴，泥土为食，没有子女。他们死后掩埋掉，心脏不会腐烂，百年后能复活转变成人。镠国的人，他们死后肺不会腐烂，百年后也会复活。细国的人，他们死后肝不会腐烂，百年后也还会化成人。这两个国家的人都是以洞穴为居室的，都能死而复生，故而是同类的国家。

蒙双民的来历：从前高阳氏有一儿一女私自结为夫妇，于是高阳帝就把他们放逐到蒙双的原野上，两人相互搂抱着死去。神鸟用不死之草覆盖在他们身上，七年后这对男女都活过来了，他们用同一个颈项，上面长着两颗头颅，还有四只手臂，这就是蒙双民的特征。

原

有一国亦在海中，纯女无男。又说得一布衣，从海浮出，其身如中国人衣，两袖长二丈。又得一破船，随波出在海岸边，有一人项中复有面，生得，与语不相通，不食而死。其地皆在沃沮东大海中。

译

有一个国家也在海中，那里清一色的女人，没有男人。据说曾有人发现一件布衣，从海中浮出，衣服的腰身与中国人衣服无甚区别，但两只袖子竟长达两丈。又有人发现一条破船，是随着海浪漂浮到海岸边来的，船上有个人颈部还有一张脸。把他活捉后，跟他交谈，但言语不通。这人不吃食物，便饿死了。这些怪人生活的地方都在沃沮东部的大海中。

原

南海外有鲛人，水居如鱼，不废织绩，其眼能泣珠。

译

南海外有种鲛人，他们像鱼类一样生活在水中，毫不停歇地纺织，他们眼中流下的泪滴会化作珍珠。

原

呕丝之野，其女子方跪，据树而呕丝，北海外也。

译

在呕丝野，有个女子正跪着背靠大树在吐丝。这呕丝野在北海之外。

原

江陵有貙人，能化为虎。俗又曰虎化为人。好著紫葛人，足无踵。

日南有野女，群行见丈夫，状晶目，裸袒无衣裈。

译

江陵有种叫作貙人，能化为老虎。人们又传说这种老虎能变成人，变人后爱穿紫色的粗布衣服，脚没有脚后跟。

日南郡有野女，常成群结队外出寻觅丈夫，她们的肌肤白净有光泽，浑身赤裸，连贴身的短衣也不穿。

异俗

原 译 注

越之东有骇沐之国，其长子生则解而食之，谓之宜弟。父死则负其母而弃之，言鬼妻不可与同居。

周日用曰：既其母为鬼妻，则其为鬼子，亦合弃之矣。是以而蛮夷于禽兽犬豕一等矣，禽兽犬豕之徒犹应不然也。

楚之南有炎人之国，其亲戚死，朽之肉而弃之，然后埋其骨，乃为孝也。

秦之西有义渠国，其亲戚死，聚柴积而焚之熏之，即烟上谓之登遐，然后为孝。此上以为政，下以为俗，中国未足为非也。此事见《墨子》。

周日用曰：此事庶几佛国法宜如是乎？中国之徒，不如此也。

荆州极西南界至蜀，诸民曰獠子，妇人妊娠七月而产。临水生儿，便置水中。浮则

越国之东有个叫骇沐的国家，那里的人生出第一个婴儿，就将之开膛剖肚地吃掉，他们觉得这样能使今后多生儿子。一旦父亲死去，他们就把母亲背到野外丢弃，说是不能同鬼的妻子住在一起。

楚国之南有个炎人国，那里的人亲戚死了，家里的人便将尸体上的肉剔下扔掉，然后把骨骸掩埋起来，这样才算是孝行。

秦国的西面有个义渠国。那里的人亲戚死了，便堆积柴竿焚烧尸体，若烟上升则说明死者登天升仙了，这样才能称为孝子。这样的风俗全国上下官方首肯，中原的人民也不要去非议它。此事可以见《墨子》上记载。

荆州最西南边界到蜀地一带的人民叫獠子，妇人妊娠七月便可生产。她们在水边产子，产后便把孩子置于水中，浮起来的便取出抚养，沉下

原

取养之，沉便弃之，然千百多浮。既长，皆拔去上齿牙各一，以为身饰。

毋丘俭遣王颀追高句丽王宫，尽沃沮东界，问其耆老，言国人常乘船捕鱼，遭风吹，数十日，东得一岛，上有人，言语不相晓。其俗常以七夕取童女沉海。

交州夷名曰俚子。俚子弓长数尺，箭长尺余，以燋铜为镝，涂毒药于镝锋，中人即死，不时敛藏，即膨胀沸烂，须臾肌肉燋煎都尽，唯骨耳。其俗誓不以此药法语人。治之，饮妇人月水及粪汁。时有差者。唯射猪犬者，无他，以其食粪故也。燋铜者，故烧器。其长老唯别燋铜声，以物杵之，徐听其声，得燋毒者，便凿取以为箭镝。

景初中，苍梧吏到京，云：『广州西南接交州数郡，桂林、晋兴、宁浦间人有病将

译

去的就抛弃掉，但千百个婴儿大多是浮起来的。孩子长大后都拔去门牙白牙各一颗作为身上的装饰品。

三国时期，魏国幽州刺毋史丘俭派玄菟太守王颀追逐高句丽国的王宫，一直追到沃沮县东部边界，问那里的老人，海的东面还有没有人，老人回答说：这里的百姓曾有次乘船到海上捕鱼，遭遇狂风，几十天后被吹到东面一座海岛上，岛上有人，与他们交谈，言语互不通晓。当地的习俗常在七月初七取未婚少女沉入海中。

交州的少数民族叫俚子，俚子的弓有好几尺长，箭长一尺多，他们用燋铜来做箭头，又在箭锋上涂以毒药，人若中箭即刻就会死去。若不及时殡葬，尸体就会膨胀溃烂，不须多久肌肉会全部烂光，只剩白骨。当地风俗发誓不把这种制作药箭的方法告诉别人。治疗中毒箭的方法是喝妇女的月经

原

死，便有飞虫大如小麦，或云有甲，在舍上。人气绝，来食亡者。虽复扑杀有斗斛，而来者如风雨，前后相寻续，不可断截，肌肉都尽，唯余骨在，便去尽。贫家无相缠者，或殡殓不时，皆受此弊。有物力者，则以衣服布帛五六重裹亡者。此虫恶梓木气，即以板郭防左右，并以作器，此虫便不敢近也。入交界更无，转近郡亦有，但微少耳。』

译

和粪汁，有时也有治愈的。这种箭，只有射到猪狗身上才不会造成伤害，这是由于它们都吃粪便的缘故。燋铜，本是用来制作烧煮食物的器具。那个地方唯独年长者能辨别铜烧器的声音，他们用棒子叩击，慢慢地辨听其声音，找到含有毒质的，便凿取下来做箭头。

景初年间，苍梧郡的官吏到京都来，说：『广州西南邻界交州的几个郡，即桂林、晋兴、宁浦一带，人患病将死时，就有大量飞虫出现，这些虫大如小麦，有人说还是带甲壳的，常常为窥伺病人而停在房舍上，等人一咽气，就飞下来吃死人。虽经反复扑打、消灭的飞虫足以斗斛称量，但飞来的虫仍像风雨一样，前后连续不绝，无法阻拦截断它。待到尸体的肌肉全都吃光，只剩白骨时，这些虫便全部飞走了。贫穷人家没有缠裹死人的东西，或者尸体收敛入棺不及时，都会深受飞虫之害。家境好，有物力的，就以五六层衣服及布帛把尸体包裹起来。这种虫厌恶梓木的气味，于是人们就用梓木板遮隔在尸体的两旁，并用梓木来做棺材，这种飞虫就不敢飞近了。进入交州境内，这种飞虫就没有了，附近几个郡也还是有，只不过稍少些罢了。』

原 译

异产

汉武帝时，弱水西国有人乘毛车以渡弱水来献香者，帝谓是常香，非中国之所乏，不礼其使。留久之，帝幸上林苑，西使千乘舆闻，并奏其香。帝取之看，大如鸾卵，三枚，与枣相似。帝不悦，以付外库。后长安中大疫，宫中皆疫病。帝不举乐，西使乞见，请烧所贡香一枚，以辟疫气。帝不得已，听之，宫中病者登日并差。长安中百里咸闻香气，芳积九十余日，香犹不歇。帝乃厚礼发遣饯送。

西汉武帝时，弱水西国家有人乘着毛车渡过弱水前来进献香料，武帝觉得这是普通香料，并非中国所罕有的，便没有对使者以礼相待。使者逗留了很久，有一次武帝巡幸上林苑，西方使者恳请武帝听他禀告，并将香料献上。武帝取来一看，香料像燕子的卵一样大，共三枚，外形与枣子相似。武帝很不高兴，就把它交付外库收藏。后来长安城里暴发瘟疫，宫里的人都染上了疫病，武帝愁闷不已，连乐舞也无心欣赏。这时，西方使者求见，请求烧一枚进贡的香料来驱除邪气。武帝不得已，依照他所说去做，结果宫中的病人都豁然而愈。长安城里百里都可闻到香气，这芳香持续了九十多天还未消散。于是武帝为西方使者备了厚礼并派人为其饯行，将他礼送回国。

原译

一说汉制献香不满斤不得受，西使临去，乃发香气如大豆者，拭著宫门，香气闻长安数十里，经数月乃歇。汉武帝时，西海国有献胶五两者，帝以付外库。余胶半两，西使佩以自随。后从武帝射于甘泉宫，帝弓弦断，从者欲更张弦，西使乃进，乞以所送余香续之，座上左右莫不怪。西使乃以口濡胶为水注断弦两头，相连注弦，遂相著。帝乃使力士各引其一头，终不相离。西使曰：『可以射。』终日不断，帝大怪，左右称奇，因名曰续弦胶。

还有一种说法：依汉朝的规矩，献香不满一斤的，不予接受。西方使者临行时，打开盛香的器皿，取出一颗如大豆般的香来，涂擦在宫门上，于是香气弥漫长安四周，数十里外也能闻到，足有一月多时间方才消散。西汉武帝时，西海国有人献上五两胶，武帝把它交付外库。所剩半两，西使自己随身携带。后来跟随武帝在甘泉宫射猎时，武帝的弓弦断了，随从正准备换上新弦，西使上前，请求用上贡剩下的香胶来把弦接好，在座的人无不感到奇怪。西使接着用口湿润粘胶使之成水状，涂在断弦的两头，然后把断弦连接起来，再涂粘胶，这样，断弦就接起来了。武帝派了两个大力士各拉一头，弦却始终难以拉断。西使说：『现在可以用这弦来射箭了。』结果射猎整天弦终未再断，武帝大为震惊，手下人也啧啧称奇。从此这种胶被称作『续弦胶』。

原

《周书》曰：西域献火浣布，昆吾氏献切玉刀。火浣布污则烧之则洁，刀切玉如脂。布，汉世有献者，刀则未闻。

魏文帝黄初三年，武都西都尉王褒献石胆二十斤，四年，献三斤。

译

《周书》上说，西戎进献火浣布，昆吾氏进献切玉刀。火浣布有脏污，以火烧就会干净；切玉刀切起玉来，就如切泥一般。汉代有进献火浣布的，至于献切玉刀之事则未曾听过。

魏文帝黄初三年，武都郡西部都尉王褒进献石胆二十斤。黄初四年，又进献三斤。

原

临邛火井一所，从广五尺，深二三丈。井在县南百里。昔时人以竹木投以取火，诸葛丞相往视之，后火转盛热，盆盖井上，煮盐得盐。入以家火即灭，讫今不复燃也。酒泉延寿县南山名火泉，火出如炬。

译

临邛有口火井，直径五尺，深二三丈，井在县南一百里处。过去人们用竹木投入井中来取火，诸葛丞相曾前往观看。后来火势转旺，温度愈高，用盆子盖在井上煮水，所得的盐比家火煮的要多。后来有人把家中的烛火投入井中，井里的火就灭了，迄今再未复燃。酒泉郡延寿县南山有个著名的火泉，那儿的火喷出来就像火炬一样。

原

徐公曰：西域使王畅说石流黄出足弥山，去高昌八百里，有石流黄数十丈，从广五六十亩。有取流黄昼视孔中，上状如烟而高数尺。夜视皆如灯光明，高尺余，畅所亲见之也。言时气不和，皆往保此山。

译

徐公说：西域使者王畅说硫黄矿出自足弥山，这座山距高昌郡八百里，那儿的硫黄高数十丈，方圆五六十亩地。有人取带孔穴的硫黄，白天看去，孔上冒青烟，常高好几尺。夜晚看去，都像是燃着灯，光焰高一尺多，这是王畅亲眼所见。足弥山的人说，当时天地间阴阳之气不和，人们都前往此山寻求护佑，果然毒气都自行消失了。

卷叁

异兽

原

汉武帝时，大宛之北胡人有献一物，大如狗，然声能惊人，鸡犬闻之皆走，名曰猛兽。帝见之，怪其细小。及出苑中，欲使虎狼食之。虎见此兽即低头著地，帝为反观，见虎如此，欲谓下头作势，起搏杀之。而此兽见虎甚喜，舐唇摇尾，径往虎头上立，因搦虎面，虎乃闭目低头，匍匐不敢动，搦鼻下去，下去之后，虎尾下头起，此兽顾之，虎辄闭目。

后魏武帝伐冒顿，经白狼山，逢师子。使人格之，杀伤甚众，王乃自率常从军数百击之，师子哮吼奋起，左右咸惊。王忽见一物从林中出，如狸，起上王车轭，师子将至，此兽便跳起在师子头上，即伏不敢起。于是遂杀之，得师子一。还，来至洛阳，三十里鸡犬皆伏，无鸣吠。

译

西汉武帝时，大宛国北面有胡人献来一只动物，如狗一般大小，吼声却很惊人，鸡犬闻听都纷纷奔逃，因此人们称它为『猛兽』。武帝见了，嫌弃这猛兽体型太小。于是将它放出林苑，想让它被虎狼吃掉。却不料老虎见了这猛兽，马上低头贴地，周围的人都认为老虎胆怯，可武帝的看法恰恰与众相反，他认为老虎这副模样是打算低头蓄势，将会跃起身来搏杀并吃掉猛兽。然而这猛兽见了老虎十分高兴，它舔唇摇尾，径直跃到虎头上站着，竟往老虎口中撒尿，老虎只是闭眼低头，趴在当地动也不敢动。猛兽撒完尿后，才从虎头上下去。待它下去，老虎尾巴低垂，才敢略微抬头。每当这猛兽转头来看老虎时，老虎就会惊恐得立即闭上眼睛。

后来，魏武帝曹操征伐乌桓首领冒顿，途经白狼山时，遇上了狮子。武帝命人与狮子格斗，死伤很多。于是武帝亲自率领卫队几百名士兵围攻，狮

九真有神牛，乃生溪上，黑山时共斗，即海沸，黄或出斗，岸上家牛皆怖，人或遮则霹雳，号曰神牛。

昔日南贡四象，各有雌雄。其一雄死于九真，及至南海百有余日，其雌涂土著身，不饮食，空草，长史问其所以，闻之辄流涕。

子咆哮着跃起，使得四周的人惊恐不已。忽然，武帝看见有头怪兽从林中出来，外形像狐狸，一跃登上武帝的车轭。狮子逼近，这怪兽就跃起站到狮子的头上。狮子马上伏地，不敢起身。于是人们顺利将其击毙，猎获狮子一头。回程途中到洛阳，三千里地的鸡犬都伏在地上，不敢发出鸣吠之声。

九真郡有种神牛，在溪水中生活，黑牛有时出来相斗，海水也为之沸腾；黄牛有时出来相斗，岸上的家牛全都惊恐畏惧，要是有人想要围堵捕捉它，它就会发出如霹雳般的吼声，故而人们将它称作『神牛』。

从前日南郡进贡了四头大象，有雌有雄。其中一头雄象死在九真郡，于是在前往南海郡的一百多天里，雌象把泥土涂抹在身上，不饮不食，坐卧在草丛中，长史

原

越巂国有牛，稍割取肉，牛不死，经日肉生如故。

大宛国有汗血马，天马种，汉、魏西域时有献者。

文马，赤鬣身白，目若黄金，名吉黄之乘，复蓟之露犬也。能飞食虎豹。

蜀山南高山上，有物如猕猴。长七尺，能人行，健走，名曰猴玃，一名马化，或曰猳玃。伺行道妇女有好者，辄盗之以去，人不得知。行者或每遇其旁，皆以长绳相引，然故不免。此得男子气，自死，故取女不取男也。取去为室家。其年少者终身不得还。十年之后，形皆类之，意亦迷惑，不复思归。有子者辄俱送还其家，产子皆如人，有不食养者，其母辄死，故无敢不养也。及长，与人不异，皆以杨为姓，故今蜀中西界多

译

询问其中原因，雎象听了就会流泪，流露出似是悲哀的样子。

越巂国有一种牛，从它身上少量割取些肉，它并不会死，而且过一天肉又会重新长出来，创口平复如常。

大宛国出产汗血马，这种马拥有天马的血统，汉魏时期西域常有进献汗血马的。

文马，长有红色的鬣毛，白色的身体，双眼光泽如同黄金，名叫吉黄之马。这种马本是渠叟国的露犬。这种马能飞，以虎豹作为食物。

蜀地西南部的高山上，有种怪物，外形与猕猴相似，七尺长，能如人一般站立行走，善于奔跑，名叫『猴玃』，又名马化，也有人称它猳玃。它常窥伺行路的妇女，有容貌姣好者，就偷取带走，同行的人都无所察觉。过路人每经过这一带时，都用长绳相互牵引，即便如此仍免不了遭其祸害。这怪

谓杨率皆猳玃、马化之子孙，时时相有玃爪也。

小山有兽，其形如鼓，一足如蠡。泽有委蛇，状如毂，长如辕，见之者霸。

猩猩若黄狗，人面能言。

物能辨别男女的气味，所以能只偷取女人，不取男人。取走女子后就作为自己的妻子，那些年少的女子便终身不能回家。十年之后，这些女子形体上都变得像猴，心神也被迷惑，不再念想回家。若生下孩子，猴玃就将其母子一起送回家，生下的孩子都与人无异。如不予喂养，孩子的母亲就会死掉，故而无人敢不喂养。等孩子长大后，跟常人没有两样，都以杨为姓。因此蜀地西部边界大都传说姓杨的大多是猴玃、马化的子孙，这些人往往有像猴玃一样的手爪。

山里有种怪兽，它的外形像一面鼓，只有一条腿，像龙。湖泽中有种怪物名叫委蛇，外形像车毂，身子如车辕一般长，有幸见到它的人可以成就霸业。

猩猩与黄狗相似，长有如人一般的面孔，能说话。

异鸟

原

崇丘山有鸟，一足，一翼，一目，相得而飞，名曰虻虻，见则吉良，乘之寿千岁。

比翼鸟，一青一赤，在参嵎山。

有鸟如乌，文首，白喙，赤足，曰精卫。昔赤帝之女名女媱，往游于东海，溺死而不返，其神化为精卫。故精卫常取西山之木石，以填东海。

越地深山有鸟，如鸠，青色，名曰冶鸟。穿大树作巢如升器，其户口径数寸，周饰以土垩，赤白相次，状如射侯。伐木见此树，即避之去。或夜冥，人不见鸟，鸟亦知人不见已也，鸣曰『咄咄上去』！明日便宜急上树去；『咄咄下去』！明日便宜急下。若使去但言笑而不已者，可止伐也。若有秽恶及犯其止者，则虎通夕来守，人不知者即害人。此鸟白日见其形，鸟也；夜听

译

崇丘山上有种鸟，只生有一只脚、一只翅膀、一只眼睛，必须两只鸟并合起来才可飞翔，它名叫虻虻。这种鸟的出现是很吉利的事情，如能骑乘这种鸟，寿命可延至千岁。

比翼鸟，羽毛毛色一青一红，生活在在参嵎山。

有种鸟体型像乌鸦，花脑袋，白喙，赤足，名叫精卫。从前炎帝的小女儿名叫女媱，去东海游玩不慎溺死再也不能回家，她的神灵化为精卫。所以精卫常常取西山的木头石块填东海。

越地深山中有种鸟，形如鸠鸟，青色羽毛，名叫冶鸟。它将大树穿通筑巢，巢有容积五六升的器皿一般大，出口直径好几寸，周围用土涂饰，红白相间，像箭靶的图案一样。伐木人见到这种树，就避开它离去。有时夜晚漆黑一片，人看不见冶鸟。冶鸟也知道人看不见自己，便

其鸣，人也。时观乐便作人悲喜，形长三尺，涧中取石蟹就人火间炙之，不可犯也。越人谓此鸟为越祝之祖。

鸣叫道：『咄，咄，上去！』第二天伐木人就该赶快上树去砍伐；如果鸣叫『咄，咄，下去』，第二天就该赶快从树上下来。如果冶鸟不叫人离开，只是谈笑不停的话，就可以留下来采伐。要是有污秽不洁之物，或者它叫人停止伐木而未停止，就会有老虎来通宵看守，人们不知防备，老虎便会伤人。这种鸟白天看它的外形，是鸟，夜晚听它的鸣叫声，却是人的声音。它高兴时便做出人类喜悦的样子。冶鸟形体长三尺，常到涧水中捕捉螃蟹，到人点燃的火上去烧烤，人们不能去侵扰它。越地的人认为这种鸟是越地巫祝的祖先。

异虫

原

南方有落头虫，其头能飞。其种人常有所祭祀号曰虫落，故因取名焉。其飞因晚便去，以耳为翼，将晓还，复著体，吴时往往得此人也。

译

南方有种落头虫，它的头能飞。落头虫种的人常进行祭祀，称作『虫落』，所以由此命名。落头民利用它的头来飞，趁夜晚便飞走，用耳朵做翅膀，快天亮时飞回来，头又连接到躯体上。吴时往往能遇上这种人。

原

江南山溪中水射工虫，甲类也，长一二寸，口中有弩形，气射人影，随所著处发疮，不治则杀人。今鸚螋虫溺人影，亦随所著处生疮。

译

卢氏曰：以鸡肠草捣涂，经日即愈。周日用曰：万物皆有所相感，愚闻以霹雳木击鸟影，其鸟应时落地，虽未尝试，以是类知必有之。

注

江南山溪水中有种虫叫射工虫，属甲虫一类，长一二寸，嘴里有弓弩形的器官，用气去射人影，被射中的相应部位立刻就会生疮，不治疗就致人死命。现在的长脚蜈蚣朝人影撒尿，尿过的相应部位也会立即长疮。

原

蝮蛇秋月毒盛，无所蜇螫，啮草木以泄其气，草木即死。人樵采，设为草木所伤刺者亦杀人，毒甚于蝮啮，谓之蛇迹也。

华山有蛇名肥遗，六足四翼，见则天下大旱。

译

秋季时蝮蛇的毒气最盛，当它没有人或动物可咬的时候，便咬啮草木以发泄毒气，被咬的草木就会立即死去。砍柴打草的人，如被这样的草木刺伤，也会致死，这样的蛇毒比被蝮蛇直接咬中还厉害，被称作『蛇迹』。

华山有种名叫肥遗的蛇，生有六只脚四只翅膀，当它出现时就会天下大旱。

原

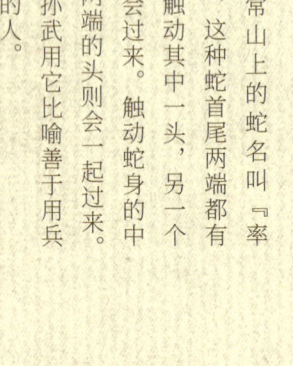

常山之蛇名率然，有两头，触其一头，头至；触其中，则两头俱至。孙武以喻善用兵者。

译

常山上的蛇名叫『率然』，这种蛇首尾两端都有头，触动其中一头，另一个头就会过来。触动蛇身的中部，两端的头则会一起过来。兵圣孙武用它比喻善于用兵打仗的人。

异鱼

原

南海有鳄鱼，状似鼍，斩其头而乾之，去齿而更生，如此者三乃止。

译

南海有一种鳄鱼，外形像猪婆龙，将它的头斩下晒干，又拔去牙齿，它仍能复活，这样反复经过三次才会死去。

原

东海有牛体鱼，其形状如牛，剥其皮悬之，潮水至则毛起，潮水去则毛伏。

译

东海有种牛体鱼，它的外形长得像牛。把鱼皮剥下挂起来，每当潮水来时，皮上的毛就会竖起；潮水退去时，皮上的毛就会倒伏。

原

东海鲛鲭鱼，生子，子惊，还入母肠，寻复出。

译

东海中的鲛鲭鱼产小鱼后，如果小鱼受了惊，会钻回母亲肚里去，不久后又从肚里出来。

原

吴王江行食脍，有余，弃于中流，化为鱼。今鱼中有名吴王鲙余者，长数寸，大者如箸，犹有鲙形。

译

吴王孙权在长江上泛舟前行，他将吃剩的生鱼片抛入江水中，结果这些鱼片全都化作一种怪鱼。现今鱼类中有种叫『吴王鲙余』的，长好几寸，大的像筷子那样长，鱼身上仍有着切片的痕迹。

原 译

广陵陈登食鲙作病，华佗下之，脍头皆成虫，尾犹是脍。

东海有物，状如凝血，从广数尺，方员，名曰鲊鱼，无头目处所，内无藏，众虾附之，随其东西。人煮食之。

广陵太守陈登因吃生鱼片患病，华佗便用药使他腹泻，只见原来切细的鱼片头部都变成了虫，而尾部仍是鱼片状态。

东海中有种东西，外形像凝固的血块，长宽好几尺，有方有圆，名叫鲊鱼。它没有头也没有眼，腹腔里没有肠子内脏，它所生活的地方，有许多虾子附着它，跟随它四处游动。越地的人将它煮来吃。

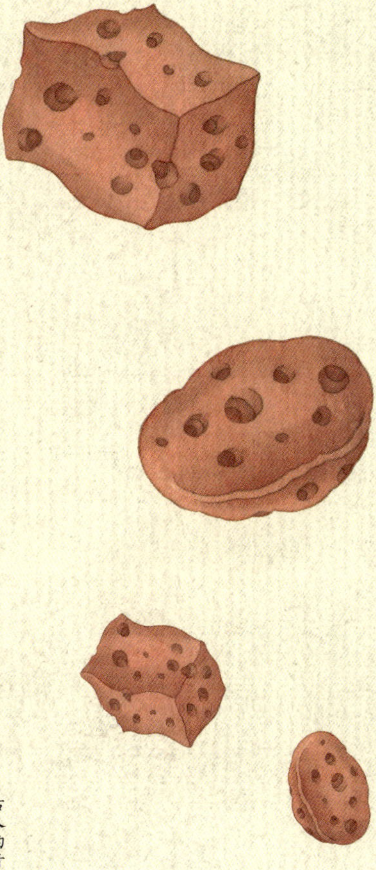

异草木

原

太原晋阳以北生屏风草。

海上有草焉，名蒒。其实食之如大麦，七月稔熟，名曰自然谷，或曰禹余粮。蒒音师。

尧时有屈佚草，生于庭，佞人入朝，则屈而指之。一名指佞草。

右詹山，帝女化为詹草，其叶郁茂，其萼黄，实如豆，服者媚于人。

译

太原、晋阳以北长有一种怪草，名叫屏风草。

海上生有一种草，名叫蒒草。它的果实吃起来像大麦一样。它七月成熟，人们把它称作自然谷，或叫作禹余粮。

尧帝时有一种屈佚草，生长在庭前，奸佞之徒上朝时，这草就弯曲着指向他。故此又名指佞草。

在右詹山，炎帝之女死后化作了詹草，这种草的叶子十分繁茂，它的花朵是黄色的，它的果实像大豆，吃下这种草的人会变得惹人喜爱。

注

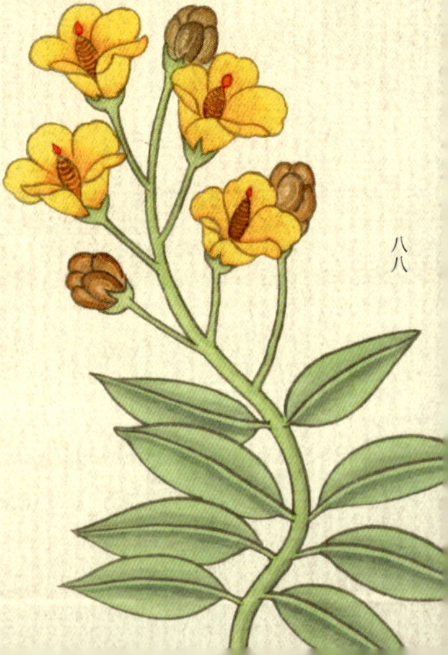

原

止些山，多竹，长千仞，凤食其实。去九疑万八千里。江南诸山郡中，大树断倒者，经春夏生菌，谓之椹。食之有味，而忽毒杀，人云此物往往自有毒者，或云蛇所著之。枫树生者啖之，令人笑不得止，治之，饮土浆即愈。

译

止些山上长着很多竹子，均高达七八百丈，凤鸟喜欢吃它的果实。止些山距九疑山有一万八千里。

江南许多山区州郡里，折断倒伏的大树经过春夏两季，树干上会长出菌类来，人们将它叫作『椹』。椹这东西吃起来有滋味，但吃的人有时会突然中毒死去，有人说这菌往往本身带有毒质，也有人说是蛇把毒液沾附在这菌上的。如果吃了枫树上长的菌，会使人笑个不停，要治这种症状，须喝土浆，大多都能治愈。

卷肆

物性

原

九窍者胎化，八窍者卵生，龟鳖皆此类，咸卵生影伏。

白鹢雄雌相视则孕。或曰雄鸣上风，则雌孕。

兔舐毫望月而孕，口中吐子，旧有此说，余目所未见也。

大腰无雄，龟鼍类也。无雄，与蛇通气则孕。细腰无雌，蜂类也。取桑蚕则阜螽子咒而成子，《诗》云『螟蛉有子，蜾蠃负之』是也。

蚕三化，先孕而后交，不交者亦产子，子后为蝅，皆无眉目，易伤，收采亦薄。

鸟雌雄不可别，翼右掩左，雄；左掩右，雌。

二足而翼谓之禽，四足而毛谓之兽。

鹊巢门户背太岁，得非才智也。

鹳雉长尾，雨雪，惜其尾，栖高树杪，不敢下食，往往饿死。时魏景初中天下所说。

译

身体有九窍的是胎生，有八窍的是卵生。乌龟、甲鱼都属于后者，都是卵生，产卵之后都是『影伏』而不用母体来孵化。

白鹢鸟雌雄相互对视，雌鸟就会怀孕。还有种说法是：雄鸟在上风向鸣叫，那么雌鸟也会怀孕。

雌兔舔舐雄兔的毛，又望了月亮，便会怀孕，幼兔是母兔从口中吐出来的，历来流行这样的传说，我未曾亲眼目睹过。

粗腰的动物没有雄性，乌龟、鼍龙就属于此类。正因为没有雄性，它们便与蛇通气来达到怀孕的目的。细腰的动物没有雌性，蜂就属于此类，正因为没有雌性，它们便捕取家蚕或蝗的幼虫，经过施咒使这些虫类成为自己的后代，《诗经》上说：『桑虫螟蛉有了孩子，由

细腰蜂来背着它』，就是指这种现象。

蚕一生中有三次变化，它先怀孕而后交配。有不交配的也能生子，蚕子后来变成鳖，都没有眉与眼，易受损伤，可供收采的蚕茧也少些。

若不能辨别鸟类的雌雄，可以看它的翅膀：右翅盖在左翅上，是雄鸟；左翅盖在右翅上，是雌鸟。两只脚，有翅膀的叫作禽，四只脚，身上长毛的叫作兽。

喜鹊筑巢时会使门户避开太岁星这个不吉的方位，这并非它的智识所致，而是顺应自然的结果。

山鸡的尾巴很长，降雪时，它因为珍惜自己的尾巴，便栖息到大树高梢上，不敢下来觅食，结果往往饿死。这是魏景初年间世人所传说的。

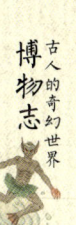

原

鹳，水鸟也。伏卵时，卵冷则不孕，取礜石周绕卵，以时助燥气。

山鸡有美毛，自爱其色毛，终日映水，目眩则溺死。

译

鹳是一种水鸟，它孵卵时常常下水，卵在低温下不能孵化，于是就取来礜石围绕在卵的周围来助长暖气。

山鸡生有华美的羽毛，它喜爱自己的美貌，终日对着水照自己的身影，时间一久眼花眩晕，就会落水淹死。

原

龟三千岁游于莲叶，巢于卷耳之上。屠龟，解其肌肉，唯肠连其头，而经日不死，犹能啮物。鸟往食之，则为所得。渔者或以张鸟，遇神蛇复续。

译

三千岁的老龟在荷叶上嬉游，以卷耳为巢。

宰割乌龟时，将其肌肉剖开，只让肠子连着乌龟的头，过上一天也不会死，还能去咬食物。鸟飞过去吃它的肠子，便会被咬住。捕鱼的人常以剖开的龟为诱饵，设网捕取鸟雀。遇上神异的蛇，它又能重新孕育后代。

原

蛴螬以背行，快于足用。

译

蛴螬用背行走，要比用脚爬行快。

《周官》云：『狢不渡汶水，鸜不渡济水。』鲁国无鸜鹆，来巢，记异也。

《周官》上说：『狗獾不渡过汶水，八哥不飞过济水。』鲁国本没有八哥，八哥飞来筑巢，是作为奇闻异事来记载的。

原

橘渡江北，化为枳。今之江东，甚有枳橘。

译

橘树移过淮河到北方种植，其果实就变成了不堪食用的臭橘。可如今江东地区也生有不少臭橘了。

百足一名马蚿，中断成两段，各行而去。

百足又名马蚿，将它从中截断成两节，其头尾还能朝不同方向爬行而去。

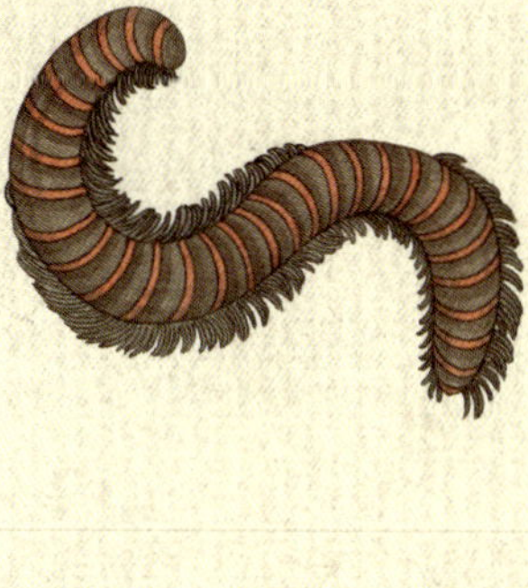

物理

原译

凡月晕，随灰画之，随所画而阙。

《淮南子》云：『未详其法。』

麒麟斗而日蚀，鲸鱼死则彗星出，婴儿号妇乳出，蚕弭丝而商弦绝。

《庄子》曰：『地三年种蜀黍，其后七年多蛇。』

积艾草，三年后烧，津液下流成铅锡，已试，有验。

注

但凡遇到月晕的时候，将芦灰撒落在月光里并将其画成圆形，若圆形画成有缺，那么随着所画的形状，月晕也会变得有缺。

麒麟相斗，就会发生日蚀；鲸鱼死去，就有彗星出现；婴儿号哭，母亲的乳汁就会自动流出；蚕吐新丝，弹奏商音的丝弦就会断。

《庄子》上说：『地里连续种三年高粱，这以后七年就会多蛇。』

将艾草堆积起来，等过了三年后用火烧，它经火烧后渗出的液体流下来会变成铅锡，这个办法曾有人试过，确实有效。

原

煎麻油，水气尽，无烟，不复沸则还冷，可内手搅之。得水则焰起，散卒而灭。此亦试之有验。

译

煎麻油煎到水汽蒸发干净，没有烟气，不再沸腾的时候，就会变回低温状态，这时可以把手伸进去搅拌。若有水溅入，就会火苗就会蹿起四处飞散，一直不灭。这些也都有人试过，确有效验。

原

庭州灞水，以金银铁器盛之皆漏，唯瓠叶则不漏。

译

庭州的灞水，若用金银铁器盛放都会漏掉，只有用葫芦来盛就不会漏

原

龙肉以醢渍之，则文章生。积油满万石，则自然生火。武帝泰始中武库火，积油所致。

译

龙肉用醢腌泡过，就会产生五色的纹理。集中贮存油类达一万石的时候，就会自行燃烧起来。晋武帝泰始年间武库里曾发生火灾，就是由于堆积油所致。

烧铅锡成胡粉，犹类也。烧丹朱成水银，则不类，物同类异用者。

魏文帝所记诸物相似乱真者：武夫怪石似美玉；蛇床乱蘼芜；荠苨乱人参；杜衡乱细辛；雄黄似石流黄；鳊鱼相乱，以有大小相异；敌休乱门冬；百部似门冬；房葵似狼毒；钩吻草与荇华相似。拔揳与萆薢相似，一名狗脊。

物类

原 译

将铅锡烧制成胡粉，二者还是属于同类。将朱砂烧炼后变成了水银，这二者不属于同类。

据魏文帝曹丕记载，众物中相似足可以假乱真的有：碔砆怪石像美玉；蛇床同蘼芜相混；荠苨地参同人参相混；杜衡同细辛相混；雄黄像石流黄；不同品类的鳊鱼相混淆，是由于大小不一，敌休同门冬相混，百部也像门冬；房葵像狼毒草；钩吻草与荇华相似；拔揳与萆薢相似，萆薢又名狗脊。

药物

原

乌头、天雄、附子，一物，春秋冬夏采各异也。

远志，苗曰小草，根曰远志。

芎䓖，苗曰江蓠，根曰芎䓖。

菊有二种，苗花如一，唯味小异，苦者不中食。

译

乌头、天雄、附子，这三种药本是同一种植物，只因为春秋冬夏，收采的季节各不相同，因此分而为三。

远志，上面的茎叶部分叫小草，下面的根叫远志。

芎䓖，上面的茎叶叫江蓠，下面的根叫芎䓖。

菊有两种，茎叶和花似乎都一样，只是味道略有差异，味苦的是不宜食用的。

原

野葛食之杀人。家葛种之三年，不收，后旅生亦不可食。

译

野生的芋艿吃了会致人死亡。家生的芋艿种了三年，不去收获，而后变成野生的，也不可食用。

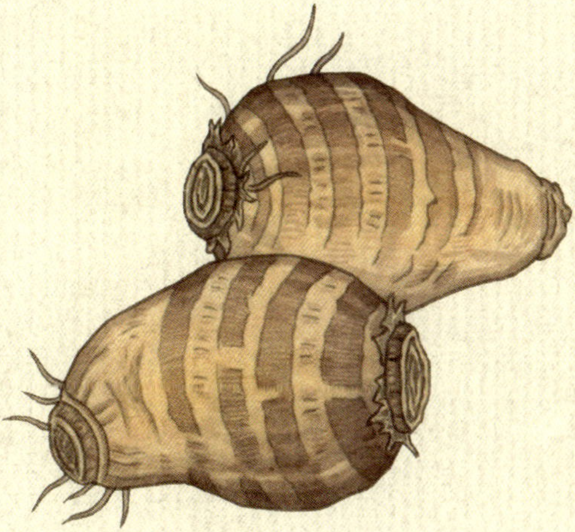

原

《神仙传》云：『松柏脂入地千年化为茯苓，茯苓化为琥珀。』琥珀一名江珠。今泰山出茯苓而无琥珀，益州永昌出琥珀而无茯苓。或云烧蜂巢所作。未详此二说。

译

《神仙传》上说：『松柏树脂渗入地下经过千年化作茯苓，茯苓经过千年又化为琥珀。』琥珀又称为江珠。现今泰山出茯苓而没有琥珀，益州永昌出琥珀却没有茯苓。也有人说琥珀是用烧蜂巢的方法制成的。对于琥珀来历的这两种说法不知谁对谁错。

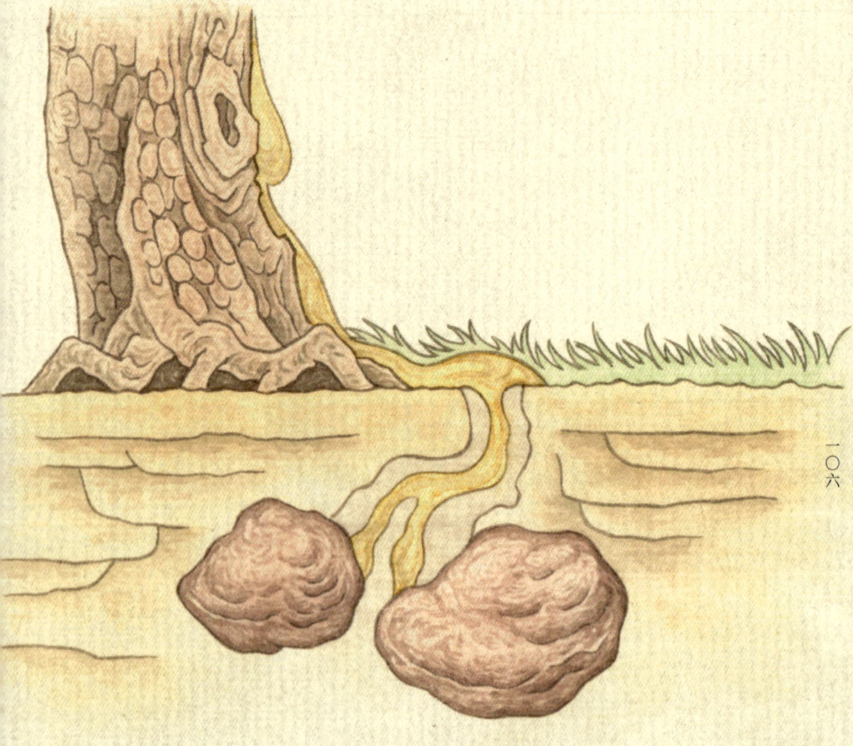

原

地黄蓝首断心分根莱种皆生。女萝寄生兔丝，兔丝寄生木上，松根不著地。堇花朝生夕死。

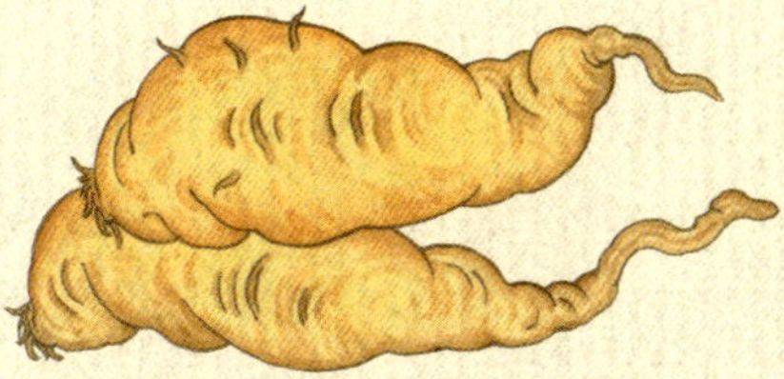

译

将根节多的地黄切成一寸长的段，移栽后都能成活。女萝寄生在兔丝上，兔丝寄生在松树上，它们生根都不附着于地面。木槿花清晨开放，晚上就凋谢了。

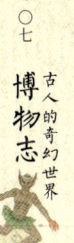

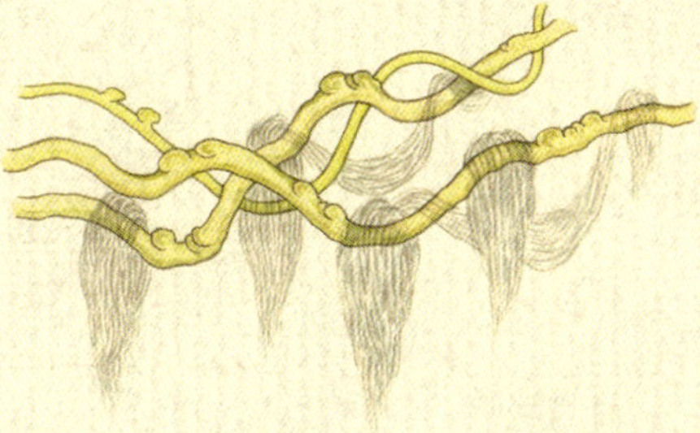

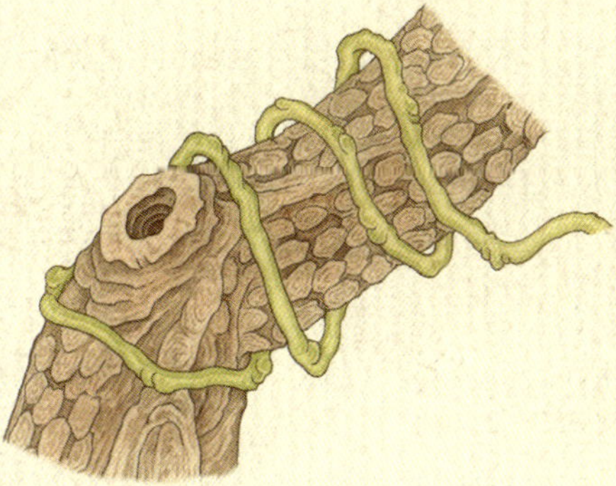

药论

原

《神农经》曰：上药养命，谓五石之练形，六芝之延年也。中药养性，合欢蠲忿，萱草忘忧。下药治病，谓大黄除实，当归止痛。夫命之所以延，性之所以利，痛之所以止，当其药应以痛也。违其药，失其应，即怨天尤人，设鬼神矣。

《神农经》曰：药物有大毒不可入口鼻耳目者，入即杀人。一曰钩吻。

注

卢氏曰：阴也。黄精不相连，根苗独生者是也。二曰鸱，状如雌鸡，生山中。三曰阴命，赤色著木，悬其子山海中。四曰内童，状如鹅，亦生海中。五曰鸩，羽如雀，黑头

译

《神农经》上说：上等药保养性命，指的是五种药石可助修炼形体，六种芝草有延年益寿之效；中等药涵养情性，指的是合欢草可使人捐弃怨恨，萱草可使人忘记忧愁；下等药治疗疾病，指的是大黄可以消除积滞，当归可以止痛。寿命之所以能延长，情性之所以能平和，疾病之所以能治愈，是因为对症下药，乱用药物不根据具体情况来下相应的药，结果没有效用，就会怨天尤人，于是就设置鬼神来供人顶礼膜拜了。

《神农经》上说：药物中含有剧毒的，一旦进入人的口、鼻、耳、目，就会致死的。一是钩吻草。

《神农经》上说：药物有五种带有毒性的：一是狼毒，木占斯可以解它的毒性；二是巴豆，藿香水可以解它的毒性；三是藜芦，葱汤可以解它的毒性；四是天雄、乌头，大豆可以解它的毒性；五是斑蝥，戎盐可以解它的毒性。毒菜，可用小儿乳汁、汗液来解毒，喝两升即可。

原 译

赤喙，亦曰䗊䖷，生海中，雄曰䖷，雌曰䗊䖷也。

《神农经》曰：药种有五物：一曰狼毒，占斯解之；二曰巴豆，藿汁解之；三曰黎卢，汤解之；四曰天雄，乌头大豆解之；五曰班茅，戎盐解之。毒菜害，小儿乳汗解，先食饮二升。

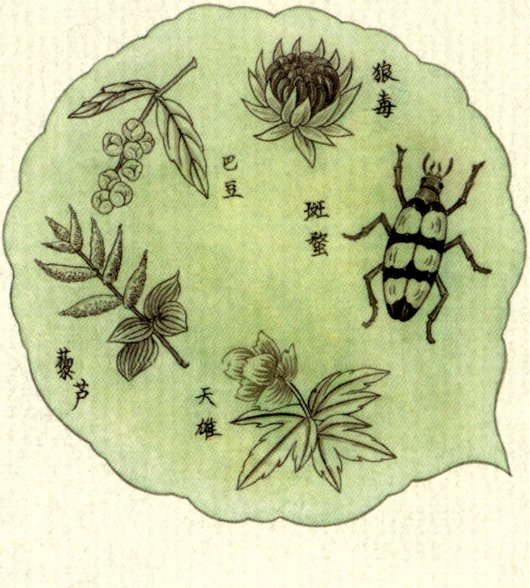

食忌

原

人啖豆三年，则身重行止难。

啖榆则眠，不欲觉。

啖麦稼，令人力健行。

饮真茶，令人少眠。

人常食小豆，令人肌肥粗燥。

食燕麦令人骨节断解。

人食燕肉，不可入水，为蛟龙所吞。

人食冬葵，为狗所啮，疮不差或致死。

马食谷，则足重不能行。

雁食粟，则翼重不能飞。

译

人连吃三年生大豆，会导致身体沉重，行动困难。

吃了榆荚就会贪睡，不愿醒来。

食用麦子，使人气力大增，耐于行路。

饮了烧煮的茶，会令人少睡眠。

人如常吃小豆，会使得皮肤干而粗糙。

吃燕麦易使人骨折。

人如吃了燕子肉，切不可下水，否则就会被蛟龙吞食。

人吃了冬葵后被狗咬伤，伤口难以愈合，有时还会导致死亡。

马若吃了五谷，会导致脚重不能行路。

大雁吃了小米，会导致翅膀沉重，难以飞翔。

药术

原 译 注

胡粉、白石灰等以水和之，涂鬓须不白。涂讫著油，单裹今温暖，候欲燥未燥间洗之。汤则不得著晚，晚则多折，用暖汤洗讫，泽涂之。欲染，当熟洗，鬓须有腻不著药，临染时，亦当拭须燥温之。

陈葵子微火炒，令爆咤，散著熟地，遍蹋之，朝种暮生，远不过经宿耳。

陈葵子秋种，覆盖，令经冬不死，春有子也。

周日用曰：愚闻熟地植生菜兰，将石流黄筛于其上，以盆覆之，即时可待。又以变白牡丹为五色，皆以沃其根，以紫草汁则变之紫，红花汁则变红，并未试，于理可焉。此出《尔雅》。

烧马蹄羊角成灰，春夏散著湿地，生罗勒。

蟹漆相合成水《神仙药服食方》云。

将铅粉、白石灰等用水调匀，涂在鬓须上，可使鬓须不白。涂完后搽油，薄薄地裹上一层使其保持温暖，待将干未干时洗掉它。过早洗掉，药就难以附着在须上；太迟洗掉，则会造成大量断须。用热水洗掉后，再涂敷一次。要染须，必须用热水洗。鬓须上有污垢会使药物难以附着，所以染之前也应当擦拭鬓须将它弄干弄热。

把经年的葵菜籽放在文火上炒，使其发出爆裂声，然后将它撒在常年耕作的土壤里，四周用脚踩实，早晨种下去，晚上就能发芽，最迟不过经一夜就会长出芽来。

秋天种下经年的葵菜籽，加以覆盖，使它过冬不死，那么到第二年春天就能结出种子了。

将马蹄草、羊角草烧成灰，春天撒到湿地里，便会生出罗勒草。

将螃蟹放入干漆中会相合变化成水，《神仙药服食方》记载。

戏术

原

削木令圆，举以向日，以艾于后成其影，则得火。

译

取一块冰，将之削成圆形，拿起来对着太阳，再把艾绒放在下面承受日影，就能生出火来。

原 译

取火法，如用珠取火，多有说者，此未试。

取火的方法，有一种是用珠取火，持此说法者较多，但这种方法尚未试过。

原

《神农本草》云：鸡卵可作琥珀。其法取茯卵𣫭黄白浑杂者煮，及尚软随意刻作物，以苦酒渍数宿，既坚，内著粉中，佳者乃乱真矣。此世所恒用，作无不成者。

烧白石作白灰，既讫，积著地，经日都冷，遇雨及水浇即更燃，烟焰起。

译

《神农本草经》上说：鸡蛋可制成琥珀，制作方法是：把茯苓同孵鸡不成而蛋黄蛋白混杂的鸡蛋放在一起煮，趁它还软的时候，按自己所需的样子刻成各种形状，再用苦酒泡上几夜，坚硬后，放进粉里。如此一来，做工好的琥珀就可以假乱真了。这种方法为世人所常用，但凡依法制作没有不成的。

把白石烧成生石灰后，堆积在地上，经过一天待其全部冷却，若遇到下雨或用水浇，生石灰即刻就会重新燃烧，腾起烟雾和火焰。

原 译

五月五日埋蜻蜓头于西向户下，埋至三日不食则化成青真珠。又云埋于正中门。

蜥蜴或名蝘蜓。以器养之，以朱砂，体尽赤，所食满七斤，治捣万杵，点女人支体，终身不灭，唯房室事则灭，故号守宫。《传》云：『东方朔奏汉武帝，试之有验。』

五月初五时将蜻蜓的头埋在朝西的门下面，连埋三天不给它喂食物，其头就会变成青色的珍珠，另一种说法是埋在正中门下面。

蜥蜴又名蝘蜓。将蜥蜴装在器皿中养起来，以朱砂为食喂它，它的身体会变得通红，待到喂养满了七斤，再用木杵将其反复捣烂，而后将其涂在女人的肢体上，终身都不会消退。唯有经过房事以后，才会消退无踪，故而又称为『守宫』。『书传』上说：『东方朔将守宫这一用法告知汉武帝，武帝一试，果然有效』。

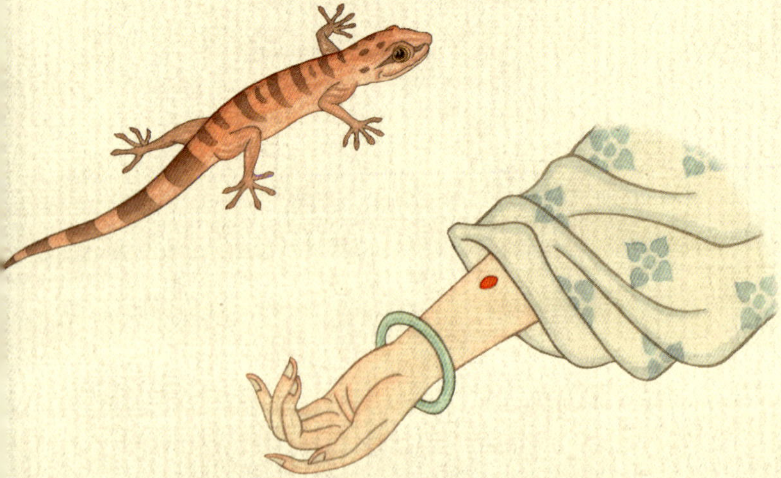

原

取鳖挫令如棋子大，捣赤苋汁和合，厚以茅苞，五六月中作，投池中，经旬脔脔尽成鳖也。

译

取一只甲鱼，将它切成如棋子大小的块，又把赤苋捣成汁与甲鱼块和匀，外面裹上厚厚的青茅草，在五六月的时候投进池塘中，过十天左右，这些甲鱼块全都会变成甲鱼了。

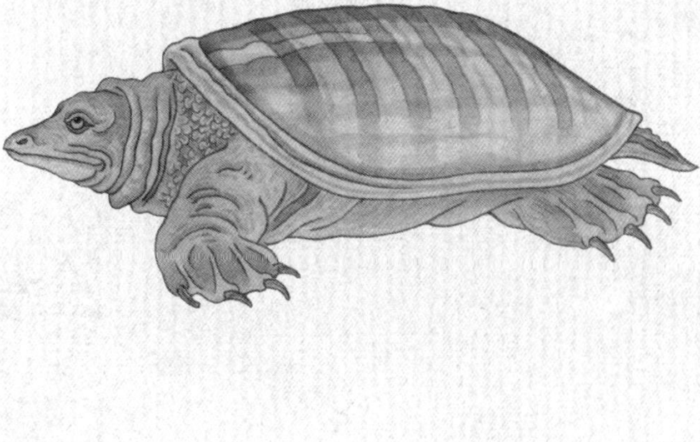

卷伍

方士

原译注

魏武帝好养性法，亦解方药，招引四方之术士，如左元放、华佗之徒，无不毕至。

周日用曰：曹虽好奇而心道异，如何招引方术之人乎？如因左元放而兼见杀者，若非变化，奚至灭身？故有道者不合亲之矣。既要试术，则可乎？

魏王所集方士名：

上党王真、陇西封君达、甘陵甘始、鲁女生、谯国华佗字元化、东郭延年、唐雲、冷寿光、河南卜式、张貂、蓟子训、汝南费长房、鲜奴辜、魏国军吏河南赵圣卿、阳城郄俭字孟节、庐江左慈字元放。

魏武帝曹操喜好养生之道，也懂得医方药物，他征召延请了四方的术士，如左慈、华佗一班人，全都汇聚到他的门下。

魏王所收集的方士名单如下：上党人王真、陇西人封君达、甘陵人甘始、鲁女生、谯郡人华佗（字元化）、东郭延年、唐雲、冷寿光、河南人卜式、张貂、蓟子训、汝南人费长房、鲜奴辜、魏国军吏河南人赵圣卿、阳城人郄俭（字孟节）、庐江人左慈（字元放）。

王真

封君达

甘始

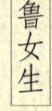

鲁女生

华佗

东郭延年

唐霅

冷寿光

卜式

张貂

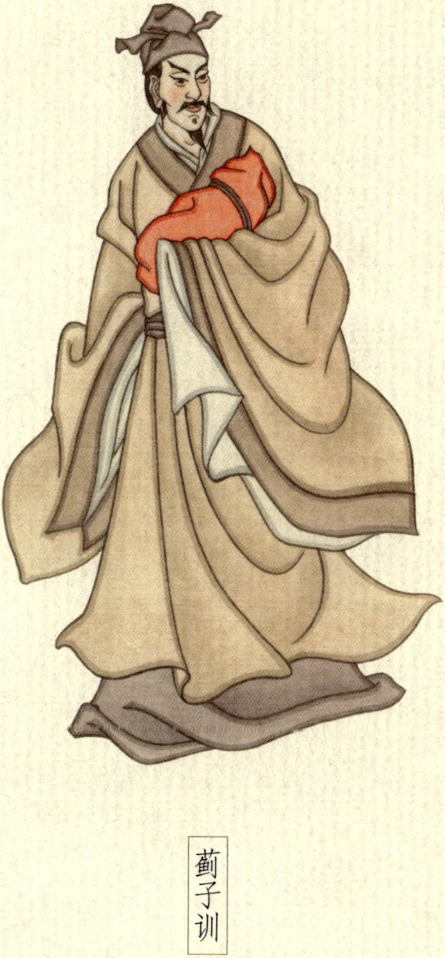

蓟子训

费长房

鲜奴辜

赵圣卿

郄俭

左慈

原

右十六人，魏文帝、东阿王、仲长统所说，皆能断谷不食，分形隐没，出入不由门户。左慈能变形，幻人视听，厌刻鬼魅，皆此类也。《周礼》所谓怪民，《王制》称挟左道者也。

魏时方士，甘陵甘始，庐江有左慈，阳城有郄俭。始能行气导引，慈晓房中之术，善辟谷不食，悉号二百岁人。凡如此之徒，武帝皆集之于魏，不使游散。甘始老而少容，曹子建密问其所行，始言本师姓韩字世雄，尝与师于南海作金，投数万斤于海。又取鲤鱼一双，鲤游行沈浮，有若处渊，其与药者已熟而食。言此药去此逾远万里，已不可行，不能得也。

皇甫隆遇青牛道士姓封名君达，其

译

这十六个人，据魏文帝曹丕、东阿王曹植和仲长统所说，都能辟谷不食，且能分身藏匿，进出不由门户。左慈能变化形体，迷惑他人的视觉、听觉，又能镇服驱赶鬼魅，其他人也都有此类本事。这些人就是《周礼》上所说的狂怪特异之人，《礼记·王制》上所称的秉操旁门邪道的人。

魏时的方士，甘陵有甘始，庐江有左慈，阳城有郄俭。甘始能吐纳运气，进行活动筋骨关节的导引术；左慈通晓房中术，善于通过辟谷之术修炼身性。他们都号称是活到二百余岁的人。凡是此类高明方士，魏武帝都把他们邀集到魏国，不让他们周游四方，散居各地。甘始虽至老年，却仍保持年少时的仪容。曹植曾私下里询问他行的什么道，甘始说他的师父姓韩字世雄，我曾与他一起在南海炼金，把所得之金数万斤抛进了大海。又曾从河里打捞起两尾鲤鱼，在其中一尾鱼身上涂上一种药，然后把两尾鱼都丢进沸滚的油

原译

与养性法，即可仿用。大略云：『体欲常少，劳无过虚，食去肥浓，节酸咸，减思虑，损喜怒，除驰逐，慎房室。春夏泄泻，秋冬闭藏。』详别篇。武帝行之有效。

文帝《典论》曰：陈思王曹植《辩道论》云：世有方士，吾王悉招至之：甘陵有甘始，庐江有左慈，阳城有郄俭。始能行气，俭善辟谷，悉号二百岁人。自王与太子及余之兄弟，咸以为调笑，不全信之。然尝试郄俭辟谷百日，犹与寝处，行步起居自若也。夫人不食七日则死，而俭乃能如是。左慈修房中之术，善可以终命，然非有至情，莫能行也。甘始老而少容，自诸术士，咸共归之，

里。涂有药的那一尾摇尾鼓鳃，在沸油里自由游弋，或沉或浮，好似处在深渊中一样，另一尾没涂药的却已经被煮熟可以吃了。甘始又说这种药的产地离此有一万多里远，如果他不亲自前往，是得不到这种药物的。

皇甫隆遇见青牛道士封君达，觉得他论养生的方法值得仿效施用，其大体内容是：『身体要常活动，饮食要常少量，活动不要过度劳累，节食不要导致过度空虚。抛开肥腻肉食，节制酸咸食物，减少杂念忧思，摒弃喜怒感情，排除追名逐利念头，谨慎对待房事。春夏两季注意清泻邪火，秋冬两季注意闭门掩藏。』详细内容见于别篇。魏武帝曹操采用了这种养生方法，确有效果。

魏文帝曹丕的《典论》引陈思王曹植的《辩道论》说：世间有方士，我魏王把他们全都征召到身边，甘

原 译 注

王使郄孟节主领诸人。

近魏明帝时，河东有焦生者，裸而不衣，处火不燋，入水不冻。杜恕为太守，亲所呼见，皆有实事。

周日用曰：焦孝然边河居一庵，大雪，庵倒，人已为死，而视之，蒸气于雪，略无变色。时或析薪惠人而已，故《魏书》云：『自羲皇以来，一人而已。』

颍川陈元方、韩元长，时之通才者。所以并信有仙者，其父时所传闻。河南密县有成公，其人出行，不知所至，复来还，语其家云：『我得仙。』因与家人辞诀而去，其步渐高，良久乃没而不见。至今密县传其仙去。二君以信有仙，盖由此也。

周日用曰：岂惟儿子乎？

桓谭《新论》说方士有董仲君，罪

陵有甘始，庐江有左慈，阳城有郄俭。甘始能吐纳运气，行活动筋骨的导引术；郄俭善于通过辟谷之术修炼，他们都号称是活到二百岁的人。从父王、太子直到我的兄弟起先都以他们的做法为笑料，将信将疑。但是我曾试过郄俭的断绝谷食一百天，亲自同他朝夕相处，却见他走路、举止与平常无异。人不进食七天就会死，可郄俭却能做到这样。左慈修炼房中术，尚可由此而享尽天年，但若非有极其精诚纯一的志向是做不到的。甘始年纪虽老，却依然保持年少的风采。自从众多方士都来归附之后，父王就让郄俭统领这群人。

近世魏明帝的时候，河东郡有位姓焦的隐士，裸身不穿衣，在火中烧不焦，在水里冻不坏。杜恕做太守时，曾亲迎他来见面，经验证传闻的都是事实。

颍川人陈纪和韩融都是东汉时博学多才的人，他们之所以会相信有神仙，是因为听了父辈的传闻。河南郡密县有个叫上成公的人，他离家出走，家人都不

系狱，佯死，臭自陷出，既而复生。

黄帝问天老曰：『天地所生，岂有食之令人不死者乎？』天老曰：『太阳之草，名曰黄精，饵而食之，可以长生。太阴之草，名曰钩吻，不可食，入口立死。人信钩吻之杀人，不信黄精之益寿，不亦惑乎？』

周日用曰：草既能杀人，仍无益寿者也，若杀人无验，则益寿不可信矣。

知道他去哪儿，后来他又折回来，告诉家里人说：『我已经得了成仙之道了。』于是与家人辞别而去。他的脚步渐往高处迈，许久，便隐没而看不见踪影了。至今密县还流传着他成仙而去的故事。陈韩两位所以相信有神仙，大概是这个缘故。

桓谭《新论》上说，有个方士名叫董仲君，因犯罪而被囚禁在监牢里，他假装死去，尸体腐烂发臭，这以后他又复活了。

黄帝问他的臣子天老说：『天地所生的物类，难道有使人吃了不死的东西吗？』天老说：『阳气极盛的草，名叫黄精，服用它可以长生；阴气极盛的草，名叫钩吻，不能吃，一入口中立刻致人死命。人们相信钩吻草能毒杀人，却不信黄精草能使人延年益寿，这岂非太过糊涂？』

原 译 服食 注

左元放荒年法：择大豆粗细调匀，必生熟按之，令有光，烟气彻豆心内。先不食一日，以冷水顿服讫。其鱼肉菜果不得复经口，渴即饮水，慎不可暖饮。初小困，十数日后，体力壮健，不复思食。

鲍法服三升为剂，亦当随入先食多少增损之。盛丰欲还者煮葵子及脂苏，服肉羹渐渐饮之，须豆下乃可食。豆未尽而以实物肠塞，则杀人矣。此未试，或可以然。

周日用曰：一说腊涂黏饼，炙饼令热，即涂之，以意量多少即食之，如常渴即饮冷水，忌热茶耳。

《孔子家语》曰：『食水者乃耐寒而苦浮，食土者无心不息，食木者多而不治，食石者肥泽而不老，食草者善走

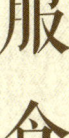

左慈发明的度过荒年的饮食方法：选择颗粒大小均匀的大豆，吃豆以前先用手将生豆反复搓揉，使其有光泽，并让手心的暖气一直透进豆心里。先停食一天，然后用冷水一次送服三升大豆，服毕，就不能再吃鱼肉、蔬菜、水果、酒酱等酸甜咸苦的食物。口渴了，就马上喝水，但注意不能喝热的。服食大豆后起初几天人会略感困乏无力，但十多天后，就会体力强健，不再有食欲了。

服大豆的方法，一般以三⺆为一剂，不过也应该随人原先食用量的多少而有所增减。待到年成好时想要恢复食欲的可煮冬葵子和豆腐肥肉羹逐渐增量服用，但必须等大豆排泄掉方可以吃，若未排泄完就急于填塞很多食物，便会导致肠塞，造成死亡。这个方法尚未试过，或许可以这样做。

《孔子家语》上说：『以水为食的动物，耐寒而善于在水中浮游；以泥土为食的动物，没有心脏而不

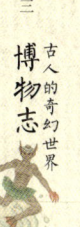

而愚，食桑者有丝而蛾，食肉者勇而悍，食气者神明而寿，食谷者智慧而夭，不食者不死而神。』《仙传》曰：『虽食者，百病妖邪之所钟焉。』

西域有葡萄酒，积年不败，彼俗云：『可十年饮之，醉弥月乃解。』所食逾少，心逾开益，所食逾多，心逾塞，年逾损焉。

用呼吸；以树木为食的动物，力气大而性情不和顺；以石头为食的动物，肌肉丰润而不易衰老；以草为食的动物，善于奔走而愚笨无知；以桑叶为食的动物，能吐丝作茧而化为飞蛾；以肉为食的动物，勇猛而又强悍；以天地之气为食的动物，无所不知，而活得长寿；以谷物为食的动物，虽然聪明却寿命不长；不食任何东西的动物，长生不老而达到神仙境界』。《仙传》上说：『食物种类多样的人，百种疾病、能伤人致病的邪气都会集中到他身上。』

西域出产的葡萄酒，存放多年都不会变味，那里民间流传着这样一句话：『可以放十年再喝，喝醉要过一个月才能醒来。』吃得越少，心胸越是开朗，那么年寿就越能延长；吃得越多，心胸越是闭塞，那么年寿就越是缩减。

辨方士

原

汉淮南王谋反被诛，亦云得道轻举。

注

周日用曰：《汉书》云：淮南自刑，应不然乎？得道轻举，非虚事也。至今维阳境内，马迹犹存。且日与成公同处，皆上品真人耳。既谈道德，肯图叛逆之事？况恒行阴旨，好书艺，不善弋猎，《淮南内书》言神仙黄白之术，去反事远矣。夫古今书传多黜仙道者，虑帝王公侯废万机，而慕其道，故隐而不书，唯老聃不可掩而云，三百岁后，西游流沙，不知所之。庚书云蜀有女道士谢自然，白日上升，此外历代史籍未尝言也。

原

钩弋夫人被杀于云阳，而言尸解柩空。

注

周日用曰：史云夫人被大风拔树，扬沙揭石，亦不云尸解柩空。

译

西汉淮南王刘安是因谋反而被诛杀的，也有传说他是得道飞升成仙的。

汉武帝的妃子钩弋夫人被杀于云阳宫，传说她殡葬之后尸体消失，只剩下了空棺。

原 译 注

文帝《典论》云：议郎李覃学郄俭辟谷食茯苓，饮水中不寒，泄痢殆至殒命。军祭酒弘农董芬学甘始鸱视狼顾，呼吸吐纳，为之过差，气闭不通，良久乃苏。寺人严峻就左慈学补导之术，阉竖真无事于斯，而逐声若此。

又云：王仲统云：甘始、左元放、东郭延年，行容成御妇人法，并为丞相所录。间行其术，亦得其验。降龙道士刘景受云母九子元方，年三百岁，莫之所在。武帝恒御此药，亦云有验。刘德治淮南王狱，得《枕中鸿宝秘书》，及子向咸而奇之。信黄白之术可成，谓神仙之道可致，卒亦无验，乃以罹罪也。

周日用曰：神仙之道，学之匪一朝一夕

魏文帝《典论》上说：议郎李覃学习郄俭不食五谷的功夫，他在服食茯苓时，由于喝的不是冷水，结果得了水泻痢疾，几乎送命；军祭酒弘农人董芬学甘始的导引术，如猫头鹰一般视物，如狼一般回顾，并配合呼气吸气，但做得出了偏差，弄得气闭不通，昏倒良久才苏醒过来；太监严峻到左慈那里学补气疏导的本领，其实这种本领对太监之流毫无用处，却追逐名声到了这个程度。

《典论》上又引了王仲统的话：甘始、左慈、东郭延年都能施行容成创始的男女交合的养生保气法术，这些都被曹丞相记录下来。他私下采用这一方术，也见到成效。降龙道士刘景学到了『云母九子丸』的制法，活了三百岁，无人知道他的去向。武帝常常服用此药，也说有效。刘德处理淮南王一案时，得到了枕中所藏的《鸿宝》和《苑秘书》等道家书籍，他和

而可得。黄白者也，仍须有分，升腾者应须有骨，安可偶然而得效也。

刘根不觉饥渴。或谓能忍盈虚，王仲都当盛夏之月，十垆火炙之不热；当严冬之时，裸之而不寒。恒山君以为性耐寒暑。恒山以为无仙道，好奇者为之，前者已述焉。

司马迁云：无尧以天下让许由事。扬雄亦云：夸大者为之。扬雄又云：无仙道。桓谭亦同。

儿子刘向都以为奇，从而相信炼丹制作金银的法术可以成功，认为神仙之道可以学到手。可是到头来终未成功，反而因此而蒙受了罪名。

刘根不觉得饥饿口渴，有人说这是因为他能禁受得住饱腹或空腹。王仲都处于盛夏季节，就算以十炉火炙烤他，他也不觉得热；在严冬时分，他全身裸露也不觉得冷。桓谭认为此人本性就耐得寒冷和炎热。桓谭还认为其中并无什么仙术，但心存好奇者仍学他这样做，此类事在前文已有记述。

司马迁说：『不存在尧把天下让给许由这样的事。』扬雄也说：『这是夸大其词的人编造出来的。』扬雄又说：『没有什么神仙之道。』桓谭也持同样观点。

卷陆

人名考

原

昔彼高阳，是生伯鲧，布土，取帝之息壤，以堙洪水。殷三仁：微子、箕子、比干。

译

古时的高阳氏，生了个儿子叫鲧。鲧治水时采用投土填埋的方法，并用从天帝那儿窃取来的会无限生长的『息壤』来填塞洪水。

殷商有三位仁人：微子、箕子、比干。

微子

比干

箕子

原

文王四友：南宫括、散宜生、闳夭、太颠。

译

文王姬昌的四友：南宫括、散宜生、闳夭、太颠。

散宜生

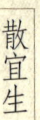

南宫括

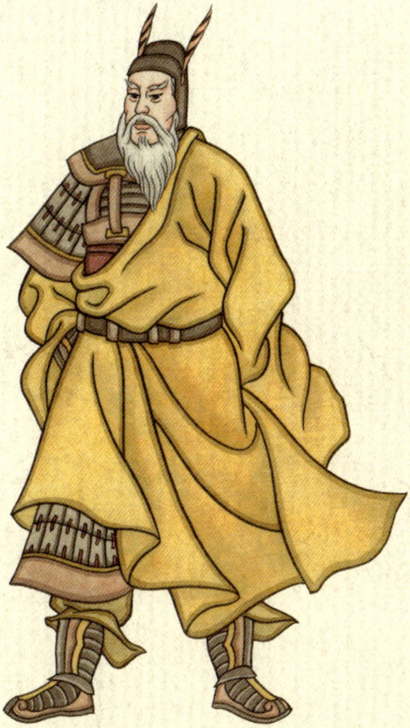

太颠

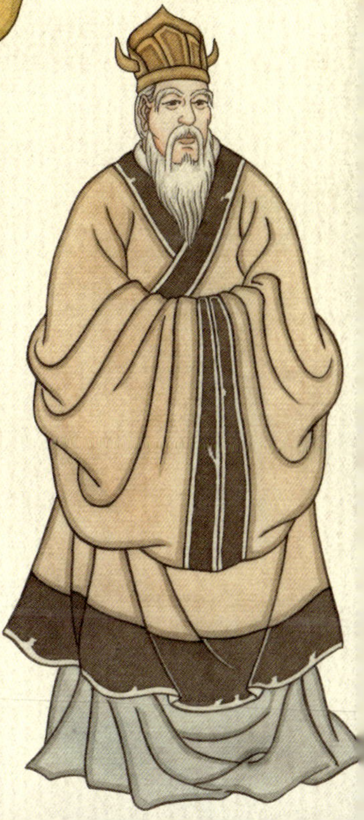

闳夭

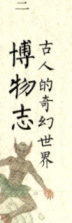

原

仲尼四友：颜渊、子贡、子路、子张。

曹参字敬伯。

蔡伯喈母，袁公妹曜卿姑也。

古之善射者甘蝇，蝇之弟子曰飞卫。

平原管辂善卜筮，解鸟语。

蔡邕有书万卷，汉末年载数车与王粲。粲亡后，相国掾魏讽谋反，粲子与焉。既被诛，邕所与粲书，悉入粲族子业字长绪，即正宗父，正宗即辅嗣兄也。初粲与族兄凯避地荆州依刘表，表有女。表爱粲才，欲以妻之，嫌其形陋周率，乃谓曰：『君才过人而体貌躁，非女婿才。』凯有风貌，乃妻凯，生业，即女所生。

译

孔丘的四友：颜渊、子贡、子路、子张。

曹参字敬伯。

蔡邕的母亲是袁滂的妹妹，袁涣的姑母。

颜渊

子贡

古时有个神箭手名叫甘蝇，甘蝇的学生名叫飞卫。

平原郡方士管辂善用龟甲和蓍草占卜凶吉，并且懂得禽鸟的语言。

蔡邕有将近万卷藏书，东汉末年时装载了数车送给王粲。王粲死后，丞相属吏魏讽谋反，王粲的儿子也参与其中。王粲的儿子被处死后，蔡邕原先送给王粲的书全都归王粲侄儿王业所有，王业字长绪，是王宗的父亲，王宗就是王弼的哥哥。当初，王粲与堂兄王凯因避乱移居荆州，依附刘表。刘表有个女儿。刘表爱王粲的才华，想把女儿嫁给他，却又嫌他形貌丑陋、不拘小节，就对他说：『你才华过人，但体态形貌看来有些浮躁，不是做女婿的料。』王凯仪表美，风度也好，于是刘表将女儿许配给王凯，生下儿子名叫王业，王业就是刘表之女所生的。

子路

子张

原
译

太丘长陈寔，寔子鸿胪卿纪，纪子司空群，群子泰，四世于汉、魏二朝有重名，而其德渐小减，故时人为其语曰：『公惭卿，卿惭长。』

太丘长陈寔，陈寔之子鸿胪卿陈纪，陈纪之子司空陈群，陈群之子陈泰，这四代人在汉、魏两朝都负有盛名，但他们的德行却一代代在渐渐退步，所以当时的人针对这种现象说：『公愧对卿，卿愧对长。』

原 译

文籍考

圣人制作曰经，贤者著述曰传，郑玄注《毛诗》曰笺，不解此意。或云毛公尝为北海郡守，玄是此郡人，故以为敬。

何休注《公羊传》，云『何氏学』。又不能解者。或答云：休谦词，受学于师，乃宣此义不出于已。此言为允。

太古书今见存有《神农经》《山海经》，或云禹所作。《素问》，黄帝作。《归藏》《连山》，夏殷之书，周时曰《易》。蔡邕云：《礼记·月令》周公作。

圣人撰写的称为『经』，贤人的著述称为『传』。郑玄注《毛诗》称为『笺』，人们都不明其中深意。有人说毛公曾任北海郡太守，郑玄是此郡人氏，所以使用『笺』这个名称以示对毛公的敬意。

何休注释《公羊传》，标注『何氏学』。有人不明白为何这样写。便有人回答说：这是何休的谦逊之辞，他从老师处接受学业，于是公开宣称这书中的意思并非出自自己的观点。如此解释是妥当的。

远古时代的书如今还保存着的有《神农经》《山海经》，《山海经》有人说是夏禹所著。《素问》，黄帝著。《归藏》《连山》，夏商时代的

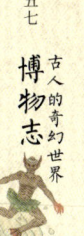

原 译 注

周日用曰：《礼记》疏云：第一是吕不韦《春秋》，明吕氏所制。蔡邕云：周公，未之详也。

《谥法》《司马法》，周公所作。

余友下邳陈德龙谓余言曰：《灵光殿赋》，南郡宜城王子山所作。子山尝之泰山，从鲍子真学算，过鲁国而都殿赋之。还归本州，溺死湘水，时年二十余也。

书，到周朝时称《易》。蔡邕说：《礼记·月令》是周公姬旦撰写的。

《谥法》和《司马法》这两部著作都是周公姬旦撰写的。

我的友人下邳人陈德龙告诉我：《灵光殿赋》是南郡宜城的王子山写的。子山曾到泰山去跟从鲍子真学习算术，经过鲁国时看到了灵光殿，因此写下了这篇赋。他回本州时，淹死在湘水中，当时年龄才二十多岁。

周自后稷至于文、武，皆都关中，号为宗周。秦为阿房殿，在长安西南二十里。殿东西千步，南北三百步，上可以坐万人，庭中受十万人。二世为赵高所杀于宜春宫，在杜城南三里，葬于旁。

周时德泽盛，蒿大以为宫柱，名曰蒿宫。

周族从后稷开始，一直到周文王、周武王，都将关中作为都城，称为『宗周』。秦时建造的阿房宫，在长安西南二十里处。这座庞大的宫殿东西一千步，南北三百步，殿堂上可坐一万人，庭院中能容纳十万人。秦二世在宜春宫被赵高所杀，这宫殿在杜城南面三里处，二世就葬在它附近。

周朝时君主有德泽被天下，蒿草长得极为茂盛高大，于是便用它来作宫殿的柱子，这宫殿便称作『蒿宫』。

原 译 注

姜嫄嗣祠在墉城，长安西南三十里。

盗跖冢在太阳县西。

赵鞅冢在临水县西，冢上气成楼阁。

始皇陵在骊山之北，高数十丈，周回六七里。今在阴盘县界。北陵虽高大，不足以销六丈冰，背陵障，使东西流。又此山有土无石，运取大石于渭南诸山，故歌曰：『运石甘泉口，渭水为不流。千人唱，万人歌，金陵余石大如塸。』其余功力皆如此类。

卢氏曰：秦氏奢侈，自知葬用珍宝多，故高作陵园山麓，从难发也，

姜嫄后嗣宗庙在墉城，位于长安西南三十里处。

盗跖的墓冢在太阳县的西面。

赵鞅的墓地在临水县境内，坟上常有霞气蒸腾呈现出楼阁的形状。

秦始皇的帝陵坐落在骊山北面，高数十丈，周围六七里。今在阴盘县境内。这陵墓虽然高大，建陵却并不足以耗费六十万人长达一年的修筑之功，它所耗费的功夫有些是隐没看不出的。之所以看不出，是因为把原先流向朝北的骊山之水堵塞住，使其东西向流

原

高则难上，固则难攻，项羽争衡之时发其陵，未详其至馆否？

旧洛阳字作水边各，汉火行也，忌水，故去水而加隹。又魏于行次为土，水得土而流，土得水而柔，故复去隹加水，变雒为洛焉。

洞庭君山，帝之二女居之，曰湘夫人。又《荆州图经》曰：『湘君所游，故曰君山。』

《南荆赋》：江陵有台甚大，而唯有一柱，众梁皆拱之。

译

了。此外，这骊山是有泥土而没有石头的，于是便从渭水以南的群山搬运大石，所以有一首歌谣唱道：『从甘泉山口运大石，渭水为之不流。千人唱，万人歌，如今陵墓下剩余的石头也大如坻。』其余方面所花费的功力都与此类似。

旧时洛阳的『洛』字是『水』字旁加个『各』。汉，五行中属火，水犯忌讳，所以去掉水旁加个『隹』，变为『雒』字。魏在五行中属土，水有土才能流，土有水变得柔软，所以又去掉『隹』加上水旁，又把『雒』字改回『洛』了。

洞庭湖中的君山，尧帝的两个女儿曾居住在这里，被称为『湘夫人』。又有《荆州图经》上说：『湘水之神湘君曾于此游历，所以名为君山。』

《南荆赋》说：江陵有一座台榭，十分高大，却只有一根柱子，承托着所有的横梁。

三让：一曰礼让，二曰固让，三曰终让。

汉丞秦，群臣上书皆曰昧死言。王莽盗位慕古，去昧死曰稽首，光武因而不改。

肉刑，明王之制，荀卿每论之。至汉文帝感太仓公女之言而废之。班固著论宜复。迄汉末魏初，陈纪又论宜申古制，孔融亦云不可。复欲申之，钟繇、王朗不同，遂寝。夏侯玄、李胜、曹羲、丁谧建私议，各有彼此，多云时未可复，故遂寝焉。

谦让有三种情况：第一种叫守礼谦让，第二种叫再三谦让，第三种叫始终谦让。

汉代继承秦代的规章，群臣向皇帝上奏章都要称『昧死言』。王莽篡汉后仰慕古人的做法，便去掉『昧死』，改称『稽首』。东汉光武帝刘秀沿用而不改。

肉刑是圣明君王所定的制度，荀子常议论其必要性。至汉文帝时，因为太仓令淳于意的女儿缇萦的话使文帝动了恻隐之心，便废除了肉刑。东汉班固撰写文章论辩，主张恢复。至汉末魏初，陈纪又提出应该重申古代的肉刑制度，孔融持反对意见。陈纪想再三申述，钟繇、王朗都不同意，争辩这才止息。夏侯玄、李胜、曹羲、丁谧等魏国大臣都曾提出自己的意见，但观点互不一致，大多认为时下不能恢复肉刑，所以此事便搁置不提了。

原

上公备物九锡：一、大辂戎车各一，玄牡二驷。二、衮冕之服，赤舄副之。三、轩悬之乐，六佾之舞。四、朱户以居。五、纳陛以登。六、虎贲之士三百人。七、铁钺各一。八、彤弓一，彤矢百，玈弓十，玈矢千。九、秬鬯一卣珪瓒副之。

译

对于上公，要备足九种赏赐的物品：一、大车、兵车各一辆，由四匹黑色公马拉的车二辆。二、礼服、礼帽以及配套的礼鞋。三、三面悬挂的乐器，及三十六人组成的舞队。四、居住地配上朱红漆的大门。五、宫室屋檐下的殿基上凿出台阶，使其不在露天登堂。六、勇士三百人。七、铡刀、大斧各一把。八、红色的弓一张，红色的箭一百支，黑色的弓十张，黑色的箭一千支。九、黑黍加香草酿成的酒一罐，舀酒的玉柄勺与之相配套。

乐考

原

汉末丧乱无金石之乐，魏武帝至汉中得杜夔旧法，始复设轩悬钟磬，至于今用之，受于夔也。

译

汉朝末年政局动荡，钟磬之乐一度断绝。魏武帝曹操到汉中，得到了杜夔继承古乐所创制的演奏雅乐之法，方才重新设置悬挂的钟磬乐器，直至今天还在使用。这是承袭自杜夔的方法。

汉末丧乱，绝无玉佩，魏侍中王粲识旧佩，始复作之。今之玉佩，受于王粲。

古者男子皆丝衣，有故乃素服。又有冠无帻，故虽凶事，皆著冠也。

汉中兴，士人皆冠葛巾。建安中，魏武帝造白帢，于是遂废，唯二学书生犹著也。

汉末时局动乱，佩戴玉佩的风尚已经绝迹。魏侍中王粲能识别旧的玉佩，于是开始重新制作。如今的玉佩，制作方法是王粲所传授的。

古时男子都穿丝绸衣服，逢凶丧之事才穿白色丧服。又古时有帽冠没有巾帻，因此即使遇上丧事，也都还戴着帽冠。

汉朝中兴时期，士人都惯戴葛布所制的头巾。东汉建安年间，魏武帝曹操制作了一种名叫『白帢』的白色便帽，从此便不时兴再戴葛巾，只有国学和太学的书生依旧戴这种头巾。

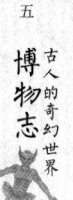

器名考

原

宝剑名：纯钩、湛卢、豪曹、鱼肠、巨阙，五剑皆欧冶子所作。龙泉、太阿、工布，三剑皆楚王令风胡子因吴王请干将，欧冶子作。干将阳龙文，莫邪阴漫理。此二剑吴王使干将作。莫邪，干将妻也。夫妻甚喜作剑也。

赤刀，周之宝器也。

译

宝剑的名称：纯钩、湛卢、豪曹、鱼肠、巨阙，这五种剑都是欧冶子所铸。龙泉、太阿、工布，这三种剑都是楚王命令风胡子因吴王请干将、欧冶子造剑。干将剑上有凸起的龟甲纹，莫邪剑上有凹下的不规则纹理，这两种剑都是吴王委派干将所铸。莫邪，是干将之妻。

赤刀，是周朝的珍贵器物。

注

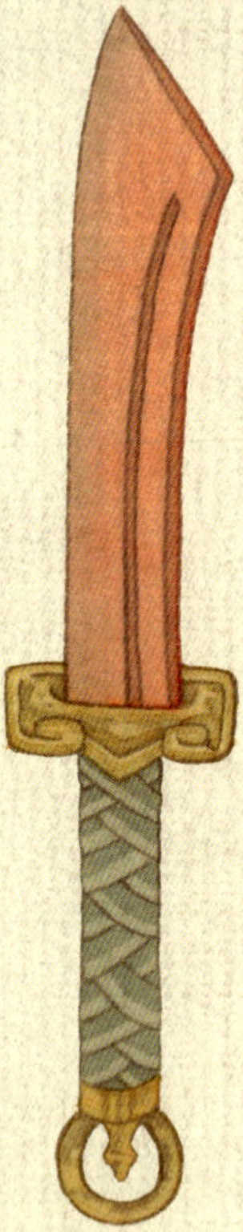

原 译

物名考

注

古骏马有飞兔、腰袅。

周穆王八骏：赤骥、飞黄、白蚁、华骝、騄耳、騧騟、渠黄、盗骊。

唐公有骕骦。

项羽有骓。

周日用曰：曹公有流影，而吕有赤兔，皆后来之良骏也。

周穆王有犬名耗，毛白。

飞兔、腰袅，都是古时有名的骏马。

周穆王姬满有八匹骏马，它们名叫：赤骥、飞黄、白蚁、华骝、騄耳、騧騟、渠黄、盗骊。

唐成公有一匹名叫骕骦的骏马。

西楚霸王项羽有匹名叫骓马的骏马。

周穆王有条犬名叫耗，其毛是白色的。

原文

晋灵公有畜犬，名獒。

韩国有黑犬，名卢。

宋有骏犬，曰䧿。

犬四尺为獒。

张骞使西域还，乃得胡桃种。

徐州人谓尘土为蓬块，吴人谓跛跌。

译文

晋灵公养有一条经过训练的高大凶悍的狗，名叫獒。

韩国有一种黑色犬，名叫卢。

宋国有一种良犬，名叫䧿。

四尺高的狗名叫獒。

张骞从西域回国，带回了胡桃的种子。

徐州人把尘土叫作『蓬块』，吴地人把尘土叫作『跛跌』。

卷柒

异闻

原 译

昔夏禹观河，见长人鱼身出曰：『吾河精。』岂河伯耶？冯夷，华阴潼乡人也，得仙道，化为河伯，岂道同哉？

从前夏禹观看黄河，见到一条长身人鱼，半身浮出水面，说：『我乃河精。』这河精莫非就是河伯吧？冯夷是华阴潼乡人，他得道后成为水神，即人们所称的河伯。神仙之道莫非是相同的吗？

原译

仙夷乘龙虎，水神乘鱼龙，其行恍惚，万里如室。

夏桀之时，为长夜宫于深谷之中，男女杂处，十旬不出听政。天乃大风扬沙，一夕填此宫谷。又曰石室瑶台，关龙逄谏，桀言曰：『吾之有民，如天之有日。日亡我则亡。』以为龙逄为妖言而杀之。其后复于山谷下作宫在上，耆老相与谏，桀又以为妖言而杀之。

仙人骑乘的是龙与虎，水神骑乘的是鱼与龙。他们行踪不定，哪怕远行万里也好像在室内行动一般自如。

夏桀在位的时候，在深山幽谷里建了一座长夜宫，男女混杂着住在宫中，桀一连百日不上朝理政。上天便降下一场大风沙，一夜之间把长夜宫所在的山谷给填平了。桀又在岩洞中用玉石砌起了一座华丽的台，大臣关龙逄进行规劝，桀说：『我之于百姓，就像天上有太阳一样，是天经地义的，只有当太阳消亡的时候，我才会灭亡。』他将关龙逄的规劝视为妖言，便杀了他。后来，桀又在山谷下筑宫殿，老臣们好言相劝，桀又认为这是妖言，将他们尽数杀了。

原译

武王伐纣至盟津，渡河，大风波。武王操戈秉麾麾之，风波立霁。

鲁阳公与韩战酣而日暮，援戈麾之，日反三舍。

周武王讨伐殷纣，当军队抵达盟津、开始渡河的时候，黄河河面上大风骤起，巨浪汹涌。武王手持大斧和旗子指挥它们，风浪立即停息。

鲁阳公与韩国交战，双方打得正激烈时，太阳快要落山，鲁阳公就拿起戈来指挥太阳，太阳马上就后退了三座星宿的位置。

原 译

夏桀之时，费昌之河上，见二日：在东者烂烂将起；在西者沉沉将灭，若疾雷之声。昌问于冯夷曰：『何者为殷？何者为夏？』冯夷曰：『西夏东殷。』于是费昌徙，疾归殷。

夏桀在位的时候，费昌来到黄河边上，看见两个太阳：在东方的光华闪耀跃跃欲升，在西方的光焰暗淡摇摇欲坠，同时空中发出霹雳般的声响。费昌问河神冯夷：『哪个太阳代表殷？哪个太阳代表夏？』冯夷回答说：『西边的代表夏，东边的代表殷。』于是费昌举家迁移，归附殷商。

原 译

太公为灌坛令。武王梦妇人当道夜哭，问之，曰：『吾是东海神女，嫁于西海神童。今灌坛令当道，废我行。我行必有大风雨，而太公有德，吾不敢以暴风雨过，是毁君德。』武王明日召太公，三日三夜，果有疾风暴雨从太公邑外过。

晋文公出，大蛇当道如拱。文公反修德，使吏守蛇。吏梦天使杀蛇曰：『何故当圣君道？』觉而视蛇，则自死也。

齐景公伐宋，过泰山，梦二人怒。公谓太公之神，晏子谓宋祖汤与伊尹也。为言其状，汤皙容多发，伊尹黑而短，即所梦也。景公进军

太公姜尚担任灌坛令，地方上风调雨顺。周武王有次梦见一位妇人夜间挡在路上啼哭，便问她原因，她说：『我是东海神女，嫁给西海神童。现在灌坛令当政，使我不能过去。若我一走动，必然有狂风暴雨，而太公德政卓著，我不敢挟带狂风暴雨经过此地，那样做会毁坏他的政德。』第二天，武王召见太公。这以后三天三夜，果然有狂风暴雨从太公的灌坛邑外经过。

晋文公有次外出，遇到一条大蛇挡住去路，就如堤坝一般。文公回去修治自己的政德，派吏人守着大蛇。吏人梦见上天派遣使者杀蛇，使者对蛇说：『你为何要拦挡圣君的道路？』吏人醒来一看，蛇已经自己死去了。

齐景公出兵攻打宋国，经过泰山时，梦见二人发怒。景公说发怒的是姜太公的神灵，晏子说是宋国的先祖汤和伊尹。晏子还对景公描述了二人的相貌：汤的皮肤白净而胡须多，伊尹的皮肤黑而个子矮。景公梦见的正是这两个

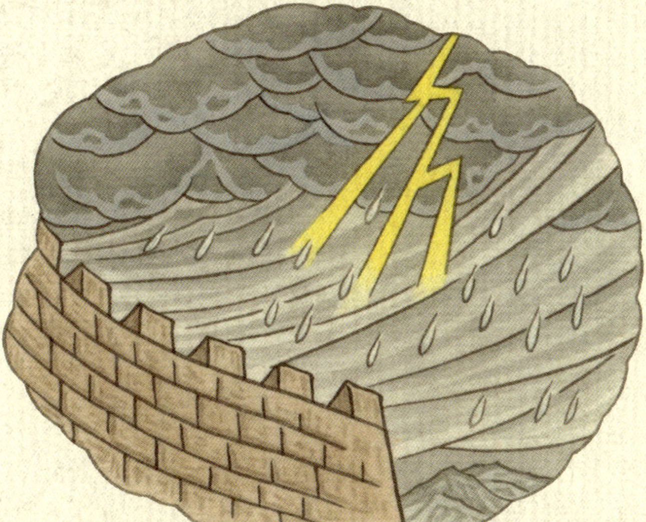

原

不听，军鼓毁，公怒，散军伐宋。

《徐偃王志》云：徐君宫人娠而生卵，以为不祥，弃之水滨。独孤母有犬名鹄苍，猎于水滨，得所弃卵，衔以东归。独孤母以为异，覆暖之，遂烀成儿，生时正偃，故以为名。徐君宫中闻之，乃更录取。长而仁智，袭君徐国，后鹄苍临死生角而九尾，实黄龙也。偃王又葬之徐界中，今见有狗垄。偃王既主其国，仁义著闻。欲舟行上国，乃通沟陈、蔡之间，得朱弓矢，以己得知瑞，遂因名为号，自称徐偃王。江淮诸侯皆伏从，伏从者三十六国。周王闻，遣使乘驷，一日至楚，使

译

人。但景公依然不顾神灵的警告继续进军，结果军鼓毁坏，这时他才畏惧起来，便解散了军队，放弃了攻伐宋国。

《徐偃王志》上说：徐国国君的宫女怀孕后生下一只蛋，被认为是不祥之物，就把它丢弃到了水边。有个孤老妇人养的一条名叫鹄苍的狗正好在水边捕猎，得到了这只被丢弃的蛋，就将它衔回了家。孤老妇人觉得这只蛋不寻常，便用身子捂暖它，竟孵出了一个孩子，这孩子出生时正好是仰卧着的，因此便用『偃』来取名。徐国国君在宫中听闻了这件事，就重新收养了这孩子。他长大后仁慈而聪明，继承了徐国的王位。后来鹄苍临死时长出了角和九条尾巴，原来这狗本是黄龙。徐偃王把它葬在徐国境内，如今还可以看见有座狗坟。偃王继承王位后，以仁义著称。他想乘船到上游的周天子之国去，就在陈国与蔡国之间开凿了一条运河，挖沟渠时挖到了红色的弓和箭，认为自己得到了上天赐予的祥瑞，便根据自己的名字取了个号，自

原 译

伐之，偃王仁，不忍闻言，其民为楚所败，逃走彭城武原县东山下。百姓随之者以万数，后遂名其山为徐山。山上立石室，有神灵，民人祈祷。今皆见存。

博父西，夸父与日相逐走，渴，饮水河渭，不足。北饮大泽，未至，渴而死。弃其策杖，化为邓林。

澹台子羽渡河，赍千金之璧于河，河伯欲之，至阳侯波起，两蛟挟船，子羽左掺璧，右操剑，击蛟皆死。既渡，三投璧于河伯，河伯跃而归之，子羽毁而去。

荆轲字次非，渡，蛟夹船，次非不走，断其头，而风波静除。

称为徐偃王。江淮一带的诸侯都服从他，服从的诸侯多达三十六个国家。周穆王听说此事，派了使者乘着四匹马驾的车，一日之内就到了楚国，要楚王去讨伐徐偃王。偃王讲求仁爱，不忍国家之间互斗相害，结果他的国民为楚国所败，逃到彭城武原县东山下。百姓跟随偃王的数以万计，后来便把这座山称为徐山。山上立有石制的神龛。中有偃王的神位，供百姓祭祀祈愿。如今这些都还留存着。

在博父国之西，夸父同太阳竞逐奔跑，口渴了，便去喝黄河和渭河的水。两条河的水喝光了还不解渴，又想去北方喝大泽的水，但还未走到，就在半路上渴死了。临死时他抛掉了手杖，后来便化作了邓林。

澹台子羽带着价值千金的玉璧渡河，河神想得到这块璧。船渡到一半，波神掀起了大浪，使两条蛟龙把船夹在中间。子羽左手拿着玉璧，右手握着剑，与蛟龙格斗，将它们全数杀死。等到了对岸，子羽三次把玉璧扔给河神，

周日用曰：余尝行经荆将军墓，墓与羊角哀冢邻，若安伯施云：为荆将军所伐，乃在此也。其地在苑陵之源，求见其墓碑，将军名乃作次飞字也。

东阿王勇士有菑丘䜣，过神渊，使饮马，马沉，䜣朝服拔剑，二日一夜，杀二蛟一龙而出，雷随击之，七日七夜，眇其左目。

汉滕公薨，求葬东都门外。公卿送丧，驷马不行，跼地悲鸣，跑蹄下地得石，有铭曰：『佳城郁郁，三千年见白日，吁嗟滕公居此室。』遂葬焉。

卫灵公葬，得石椁，铭曰：『不

河神三次跃出水面将之还给他，于是子羽毁掉了玉璧，转身离去了。

荆轲字次非，渡河时蛟龙夹住他的船只，他挥剑将龙头全部斩断，于是风平浪静。

东海上有个勇士名叫菑丘䜣，他途经神渊的时候，命仆人给马饮水。结果马沉入水中。菑丘䜣脱下朝服拔剑跳入水里，激战了两天一夜，杀死了两条蛟一条龙才上岸，雷神随即用雷电来劈他，一连七天七夜，将他左眼弄瞎了。

西汉滕公夏侯婴死了，准备在东都门外寻地安葬。官员们送葬到东都门外，拉灵车的马不再前行，僵仆在地，发出悲哀的嘶鸣声，这些马又用蹄刨地。人们挖掘马蹄下的地，发现一具石棺，上有铭文，写道：『墓地里何其沉闷，三千年才得以见到阳光，唉，滕公将要在此安息。』于是便葬在此地。

卫灵公下葬的时候，发现地下有一具石棺，上面刻有

原文

逢箕子，灵公夺我里。』

汉西都时，南宫寝殿内有醇儒王史威长死，葬铭曰：『明明哲士，知存知亡。崇陇原亹，非宁非康。不封不树，作灵乘光。厥铭何依，王史威长。』

元始元年，中谒者沛郡史岑上书，讼王宏夺董贤玺绶之功。灵帝和光元年，辽西太守黄翻上言：海边有流尸，露冠绛衣，体貌完全，使翻感梦云：『我伯夷之弟，孤竹君也。海水坏吾棺椁，求见掩藏。』民有襁褓视，皆无疾而卒。

汉末关中大乱，有发前汉时冢者，宫人犹活。既出，平复如旧。

译文

铭文说：『这些子孙无能，灵公将夺取我的住地。』

汉朝建都长安时，南宫的宗庙里一位名叫王史威长的老儒生死了，安葬的铭文上写道：『洞察一切的哲人啊，知晓世间的存与亡。高拱的山丘美好的原野，却缺少宁静与安康。你死后既不起坟又不在坟上植树，可依然显示威灵驾驭神异之光。若问这铭文所指是谁，那便是醇儒王史威长。』

汉平帝元始元年，中谒者沛郡人史岑上书，颂扬王宏迫使董贤交出皇帝玉玺的功劳。

原译

魏郭后爱念之，录著宫内，常置左右，问汉时宫中事，说之了了，皆有次序。后崩，哭泣过礼，遂死焉。

汉末发范明友冢，奴犹活。明友，霍光女婿。说光家事废立之际，多与《汉书》相似。此奴常游走于民间，无止住处，今不知所在。或云尚在，余闻之于人，可信而目不可见也。

大司马曹休所统中郎谢璋部曲义兵奚侬息女，年四岁，病没故，埋葬五日复生。太和三年，诏令休使父母同时送女来视。其年四月三日病死，四日埋葬，至八日同墟入采桑，闻儿生活。今能饮食如常。

汉灵帝光和元年，辽西太守黄翻禀告说：海边飘来一具尸体，戴着饰玉的帽子，穿着绛红色的衣服，体态容颜完好无损。死者托梦给黄翻说：『我是伯夷的弟弟，孤竹君。海水将我棺木毁坏，请将我重新掩藏起来。』当时百姓有刚出生的婴儿，看时都无疾夭折了。

汉朝末年，关中大乱，有人掘开前汉时的坟墓，里面的宫女还活着。出墓穴后，待其平复，与旧时模样无异。魏国郭皇后爱怜她，将她收养在宫内，常让她随侍在自己身边。当问及汉时宫中之事，她都能说得一清二楚，且条理分明。后来郭皇后去世，宫女痛哭不已，已超越了寻常的礼节限度，因此也死了。

汉朝末年掘开范明友家奴的坟墓，家奴还活着。范明友，是霍光的女婿。这家奴讲起霍光的家事以及废弃旧帝、迎立新帝时期的情况，大多与《汉书》能够一一对应。这个家奴常在民间游历，没有固定住所，现在不知他在何处。

原

京兆都张潜客居辽东，还后为驸马都尉、关内侯，表言故为诸生。太学时，闻故太尉常山张颢为梁相，天新雨后，有鸟如山鹊，飞翔近地，市人掷之，稍下堕，民争取之，即为一员石。言县府，颢令捶破之，得一金印，文曰『忠孝侯印』。颢表上之，藏于官库。后议郎汝南樊行夷校书东观，表上言尧舜之时，旧有此官，今天降印，宜可复置。

孝武建元四年，天雨粟。孝元竟宁元年，南阳阳郡雨谷，小者如黍粟而青黑，味苦；大者如大豆赤黄，味如麦。下三日生根叶，状如

译

有人说他还活着，我听人说，有关他的传说是可信的，但无法再亲眼见到他了。

魏大司马曹休辖下的中郎谢璋，其家仆武装中有个名叫奚依息的，他的女儿四岁时病死，埋葬五天后又复活了。太和三年，魏明帝下诏命曹休让这女孩的父母带孩子来，好亲眼看看。这年四月三日，女孩又病死了，四日埋葬，到了八日，同村的人去采桑，听到小孩又复活的声音。现在这孩子饮食如平时一样。

京都长官张潜曾客居辽东，回到朝廷后被封为驸马都尉、关内侯。他给朝廷上奏章说，自己从前在太学做学生时，听说原先的太尉、常山人张颢担任了梁相，有次天刚下过一场雨，有只像山鹊的鸟，低飞接近地面，街市上的人朝它投掷东西，这鸟便渐渐落了下来，人们争着去抢，它却变成一块圆石。上报官府后，张颢下令将石头敲碎，结果从中得到一枚金印，上面刻有『忠孝侯印』的字样。张颢

大豆初生时也。

代城始筑，立板幹，一旦亡，西南四五十板于泽中自立，结草为外门，因就营筑焉。故其城直周三十七里，为九门，故城处为东城。

上奏此事，这金印便保藏在官库里了。后来，东汉的议郎、汝南人樊行夷在东观校勘图书时，上表给皇帝说，尧舜时本有忠孝侯这样的官衔，现在上天降下印章，应该恢复设置这一官职。

汉武帝建元四年，天上落下了谷物。元帝竟宁元年，南阳郡山都县也都普降谷物，小的像黍粟但颜色却是青黑色，味苦；大的像大豆，赤黄色，味道像麦子。落地三天后，生出根和叶子，样子如大豆初生时一般。

代州城开始修筑的时候，架起了夹板和木柱，但一个早上后都消失了，只有西南面尚有四五十块夹板，在毫无支撑的情况下竖立在沼泽里。人们用芦苇编织成城门，于是就地开始筑城墙。这城墙周长三十七里，共有九个门，原先筑城墙的地方称为东城。

卷捌

史补

原 译

黄帝登仙，其臣左彻者削木象黄帝，帅诸侯以朝之。七年不还，左彻乃立颛顼。左彻亦仙去也。

尧之二女，舜之二妃，曰湘夫人。舜崩，二妃啼，以涕挥竹，竹尽斑。

黄帝成仙后，他的臣子名叫左彻的就砍削木头雕了一具黄帝像，并带领诸侯们朝拜它。过去了七年，黄帝仍未回来，左彻就将颛顼立为首领。后来左彻也成仙而去了。

洞庭湖中的君山上，曾住着尧的两个女儿，亦是舜的两个妃子，叫作湘夫人。舜死后，二位妃子啼哭不已，将眼泪挥洒在竹子上，竹子便全染上了斑痕。

原

处士东鬼块责禹乱天下事，禹退作三城。强者攻，弱者守，敌战，城郭盖禹始也。

大姒梦见商之庭产棘，乃小子发取周庭梓树，树之于阙间，梓化为松柏棫柞。觉惊以告文王，文王曰：慎勿言。冬日之阳，夏日之阴，不召而万物自来。天道尚左，日月西移；地道尚右，水潦东流。天不享于殷，自发之夫生于今十年，禹羊在牧，天下飞蝗满野，日之出地无移照乎？

武王伐殷，舍于戚，逢大雨焉。衰舆三百乘，甲三千，一日一夜，行三百里以战于牧野。

译

一个名叫东鬼块的读书人指责禹没有把天下治理好，于是禹退而自省，修筑了三仞高的城墙。力量强大的据此以进攻；力量弱小的据此以自守；力量对等的据此以作战。修筑城墙大概是从禹开始的。

周文王的妃子太姒梦见商朝的庭院中生长着荆棘，她的小儿子姬发取来周朝庭院的梓树，种植在荆棘丛中的空缺处，梓树马上变成了松树、柏树、棫树和柞树。太姒惊醒后，便将梦中之事告知文王，文王说：慎言，切莫讲出去。冬天的太阳，夏天的荫凉，不需召请而万物都会自行前来。天的法则崇尚左，所以日月向西边移动；地的法则崇尚右，所以积水向东边流动。上天不受殷商的祭品，从姬发出世到现在已有十年了，怪物出现在商郊的牧野一带，蝗虫盈田遍野，这是殷商将要灭亡的征兆，太阳从地平线上升起后，难道不会易地而照吗？

武王伐纣，军队驻扎在戚地，在这遇上了大雨。武王

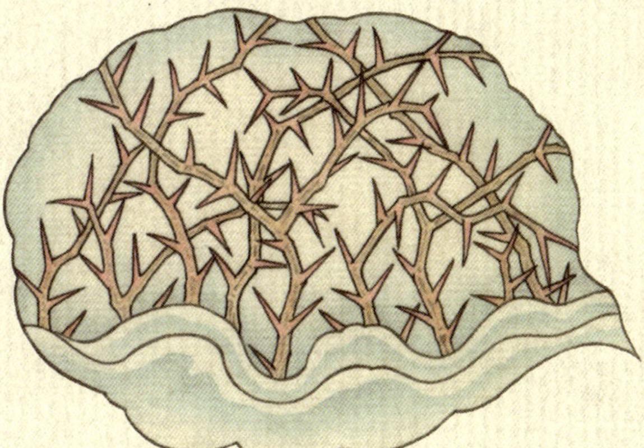

原

成王冠，周公使祝雍曰：『辞达而勿多也。』祝雍曰：『近于民，远于佞，近于义，啬于时，惠于财，任贤使能。』孝昭帝冠辞曰：『陛下擒显先帝光耀，以奉皇天之嘉禄，钦顺仲春之吉日，普遵大道之郊域，康阜万国之休灵，始加昭明之元服。推远童稚之幼志，弘积文武之宠德，肃慜高祖之清庙，六合之内，靡不蒙德，岁岁与天无极。』右孝昭、周成王冠辞。

《止雨祝》曰：天生五谷，以养人民，今天雨不止，用伤五谷，如何如何！灵而不幸，杀牲以赛神灵，雨则不止，鸣鼓攻之，朱丝绳

译

亲率三百辆战车、三千名兵士，一天一夜，疾行三百里，赶到牧野与纣王交战。

周成王行冠礼时，周公让祝雍为成王祈祷，说：『言辞达意就行，不必多。』祝雍祈祷说：『使王接近百姓，疏远奸佞，合于正义，珍惜时间，广施钱财，任用贤能的人。』汉昭帝行冠礼时的祝辞是：『陛下显扬先代帝王的光耀，接受上天赐福，敬受仲春的吉日，为使普天下沿着康庄的大道，为使全国子民安乐富庶，而今开始戴上光华的贵冠。推广幼年时的志向抱负，广积文王武王的美好品德，恭敬殷勤地祭祀高祖的宗庙，天地四方之内，无不蒙受您的德泽，愿您永远与天地共存。』以上是汉昭帝和周成王行冠礼时的祝辞。

《止雨祝辞》说：天降生五谷，以养活人民。现在天雨不止，因此毁伤五谷，如何是好啊如何是好！希望土地神为我们止雨，我们将宰杀牲畜来酬谢于神；如果雨还是

原译注

萦而胁之。

《请雨》曰：皇皇上天，照临下土。集地之灵，神降甘雨。庶物群生，咸得其所。

《礼记》曰：孔子少孤，不知其父墓。母亡，问于邹曼父之母，乃合葬于防。防墓又崩，门人后至，孔子问来何迟，门人实对，孔子不应，如是者三，乃潸然流涕而止曰：『古不修墓。』蒋济、何晏、夏侯玄、王肃皆云无此事，注记者谬，时贤咸从之。

周日用曰：四士言无者，后有何理而述之？在愚所见，实未之有矣。且征在与梁纥野合而生，事多

不停，我们就擂起鼓来讨伐他，还要用红丝绳将他捆绑起来胁迫他。

《请雨》说：伟大的上苍啊，俯照着下界的大地。汇聚地上的灵气，天神降下甘雨。世间的一切生物，便都能各得其所。

《礼记》上说：孔子幼时死了父亲，因此不知父亲的墓地在哪。母亲死后，他向邹人曼父的母亲打听后，才得以把父母合葬在防山。葬好后防山的坟墓又坍塌了。弟子到家较迟，孔子询问，弟子把坟坍的实情讲了，孔子不吭声。如此反复三次，孔子伤心地流下了眼泪，泪止后说：『古人是不在墓上加积土的啊！』蒋济、何晏、夏侯玄、王肃都认为没有此事，是记录的人谬记。当时的贤人都赞同此观点。

孔子在东方游历，见路旁有两个孩童在争辩。孔子问他们争论的原因，一个孩童说：『我认为太阳刚出来时离

隐之。况我丘生而父已死，既隐何以知之？非问曼父之母，安得合葬于防也？

孔子东游，见二小儿辩斗。问其故，一小儿曰：『我以日始出时去人近，而日中时远也。』一小儿曰：『以日出时远，而日中时近。』一小儿曰：『日初出时大如车盖，及日中时如盘盂。此不为远者小而大者近乎？』一小儿曰：『日初出沧沧凉凉，及其中而探汤，此不为近者热而远者凉乎？』孔子不能决，两小儿曰：『孰谓汝多知乎！』亦出《列子》。

周日用曰：日当中向热者，炎

人最近，到了中午时离人最远。』另一个孩童说：『我认为太阳刚出来时离人最远，而中午离人最近。』前一个孩童说：『太阳刚出来时有车盖那么大，到中午时却只有盘碗那么大，这不是远小近大的缘故吗？』后一个孩童说：『太阳刚出来时天气还是凉爽的，到中午时就热得像在汤锅里，这不是近热远凉的缘故吗？』孔子无法判定谁是谁非。两个孩童便说：『谁说你见多识广啊？』这件事亦出自《列子》。

子路和子贡经过郑国的土地庙，庙中树上有鸟，子路便去捕鸟，结果土地神把子路扯住了，经子贡劝说，土地神才放子路离开。

《春秋·哀公十四年》记载：这年春天，在鲁国西部狩猎，捕获一头麒麟。《公羊传》上说：有人把获麟的消息告诉了孔子，孔子叹道：『你是为谁而来的啊！你是为谁而来的啊！』

原 译

气直下也，譬犹火气直上而旁暑，其炎凉可悉耳。是明初出近而当中远矣，岂圣人肯对乎？

子路与子贡过郑神社，社树有鸟，神牵率子路，子贡说之，乃止。

《春秋》哀公十四年：春，西狩获麟。《公羊传》曰：『有以告者，孔子曰：「孰为来哉！孰为来哉！」』

卢曰：以其时非应，故孔子泣而感之。麟口吐三策，盖天使报圣人。

原

《左传》曰：『叔孙氏之车子钼商获麟，以为不祥。』

燕太子丹质于秦，秦王遇之无礼，不得意，思欲归。请于秦王，王不听，谬言曰：『令乌头白，马生角，乃可。』丹仰而叹，乌即头白；俯而嗟，马生角。秦王不得已而遣之，为机发之桥，欲陷丹，丹驱驰过之，而桥不发。遁到关，关门不开，丹为鸡鸣，于是众鸡悉鸣，遂归。

詹何以独茧丝为纶，芒针为钩，荆筱为竿，割粒为饵，引盈车之鱼于百仞之渊，汩流之中，纶不绝，钩不申，竿不挠。

薛谭学讴于秦青，未穷青之旨，

译

《左传》上说：『叔孙氏的车夫子钼商捕获一头麒麟，被认为是不祥之事。』

燕太子丹在秦国做人质，秦王待他无礼，他心中很不痛快，想要回国。他向秦王提出请求，秦王不依，还信口开河地说：『若是乌鸦头变白，马长出角，便可放你走。』太子丹仰天叹息，乌鸦果真变了白头；低头叹息，马果真长出了角。秦王无奈，只好打发他走，但特地设置了一座用机关制动的桥，想让太子丹过桥时陷下去。丹骑马奔驰过桥，可是桥上机关并未发动。逃到函谷关，关门因不到时辰未开，太子丹就学鸡叫声，这时别的鸡也都跟着叫了起来，门就开了，他终于回到了燕国。

詹何用一个蚕茧上抽出的丝作为钓丝，用细长的针作为钓钩，用细柔的荆条作为钓竿，割开饭粒作为鱼饵，从几十丈的深渊和滔滔激流中钓起一条大得可以装满一辆车的大鱼，而且钓丝不断，鱼钩不直，钓竿不弯。

原 译

于一日遂辞归。秦青乃饯于郊衢，抚节悲歌，声震林木，响遏行云。薛谭乃谢求返，终身不敢言归。秦青顾谓其友曰：『昔韩娥东之齐，遗粮，过雍门，鬻歌假食而去，余响绕梁，三日不绝，左右以其神弗去。过逆旅，凡人辱之，韩娥因曼声哀哭，一里老幼悲愁，垂泪相对，三日不食，遽而追之。娥还，复为曼声长歌，一里老幼喜欢抃舞，弗能自禁，乃厚赂而遣之。故雍门人至今善歌哭，效娥之遗声也。』

薛谭向秦青学习唱歌，还未把秦青的要诀全学到手，有一天就提出告辞回家。秦青在城郊大道旁为他饯行，在敲着拍板慷慨悲歌，歌声振动林木，挡住了飘动的浮云。薛谭听了，便向他认错，要求返回重新学习，从此再也不敢提回家的事。秦青回头对他的友人说：『从前韩娥往东去齐国，路上粮食吃光了，经过雍门时，靠卖唱换取食物才继续赶路。她走后，歌声的余音在屋梁上久久回绕，三天都未曾断绝，附近的人还以为她尚未离去。她经过旅店时，旅店里的人侮辱她。韩娥于是伤心地放声大哭，全乡的男女老幼也都为她悲愁，相对流泪，整整三天不饮不食。大家急忙去追赶她。韩娥回来后，又为大家放声高唱，全乡的男女老少都欢喜不已，鼓掌舞蹈，不能自控。于是大

原

赵襄子率徒十万狩于中山，藉艿燔林，焊赫百里。有人从石壁中出，随烟上下，若无所经涉者。襄子以为物，徐察之，乃人也。问其奚道而处石，奚道而入火，其人曰：『奚物为火？』襄子曰：『而向之所出者石也，而向之所涉者火也。』其人曰：『不知也。』魏文侯闻之，问于子夏曰：『彼何人哉？』子夏曰：『以商所闻于夫子，和者同于物，物无得而伤，阂者游金石之间及蹈于水火皆可也。』文侯曰：『吾

译

家赠给她许多礼物，送她上路。所以齐国雍门一带的人至今还擅长唱歌和悲哭，就是仿效了韩娥留下来的声音啊。

赵襄子率领十万人马在中山国狩猎，践踏乱草，焚烧树林，炽烈的火势烜赫百里。忽然有个人从悬崖的石壁中钻出来，随着烟火上下飘浮，如同没有穿过石壁涉历火焰一样。赵襄子以为是鬼，细细察看，原来是人。赵襄子问他凭何道术能居住在石壁当中，凭何道术能钻进大火之中，那人说：『什么叫作石壁？什么叫作火？』襄子说：『刚才你出来的地方叫石壁，刚才你所涉历的东西就是火。』那人说：『我不知道。』魏文侯听说这件事，问子夏：『他究竟是什么人？』子夏回答说：『我从孔夫子那里听说，保全纯和之气的人，身心与外物相融合，任何外物都无法

原

子奚不为之？』子夏曰：『刳心知去，商未能也。虽试语之，而即暇矣。』文侯曰：『夫子奚不为之？』子夏曰：『夫子能而不为。』文侯大悦。

更嬴谓魏王曰：『臣能射，为虚发而下鸟。』王曰：『然可试于此乎？』曰：『可。』间有鸟从东方来，嬴虚发而下之也。

澹台子羽子溺水死，欲葬之，灭明曰：『此命也。与蝼蚁何亲？与鱼鳖何仇？』遂不使葬。

译

伤害与阻隔他，在金属石头里走动以及在水火中跳跃都可以。』文侯又问：『您为何不这样做呢？』子夏答道：『剔净思欲，摒弃智慧，我还办不到。虽然如此，试着谈谈这些道理还是可以的。』文侯又问：『那么孔夫子为什么不这样做呢？』子夏回答：『夫子能做得到，但他不这样做。』魏文侯听了很高兴。

更嬴对魏王说：『我擅长射箭，能以拉空弓把鸟射下来。』魏王说：『这样说你的射箭本领果真能达到这个地步吗？』更嬴说：『行。』不一会有鸟从东方飞来，更嬴不搭箭而拉弓，果然将鸟射了下来。

澹台灭明的儿子溺水而死，弟子们想把他收殓安葬。灭明说：『他的死是命运安排的。为什么与蝼蚁为亲，与

原 译

《列传》云：聂政刺韩相，白虹为之贯日；要离刺庆忌，彗星袭月；专诸刺吴王僚，鹰击殿上。

齐桓公出，因与管仲故道，自燉煌西涉流沙往外国，沙石千余里，中无水，时则有沃流处。人莫能知，皆乘骆驼，骆驼知水脉，过其处辄停不肯行，以足蹋地，人于其蹋处掘之，辄得水。

楚熊渠子夜行，射寝石以为伏虎，矢为没羽。

汉武帝好仙道，祭祀名山大泽

鱼鳖为仇？』于是不让弟子们收葬。

《刺客列传》上说：聂政刺杀韩相国的时候，白色的虹霓穿过了太阳；要离刺杀庆忌的时候，扫帚星侵袭了月亮；专诸刺杀吴王僚的时候，有老鹰在宫殿之上搏击。

齐桓公出行，与管仲一起循着旧道，从敦煌向西穿过沙漠前往外国。沙漠一千多里，到处无水，有时虽有地下河，但人们并不知道。桓公一行都乘着骆驼，骆驼了解水脉，经过有地下河的地方就会停住脚步，不肯继续前进，并用脚来踩踏地面，人们在它踩过的地方向下挖掘，便找到水源了。

楚人熊渠子夜间走路，把路旁一块横卧的石头误以为是趴着的老虎，一箭射去，箭深入石头，连箭尾的羽毛都

以求神仙之道。时西王母遣使乘白鹿告帝当来，乃供帐九华殿以待之。七月七日夜漏七刻，王母乘紫云车而至于殿西南，面东向，头上戴玉胜，青气郁郁如云。有三青鸟，如乌大，使侍母旁。时设九微灯。帝东面西向，王母索七桃，大如弹丸，以五枚与帝，母食二枚。帝食桃辄以核著膝前，母曰：『取此核将何为？』帝曰：『此桃甘美，欲种之。』母笑曰：『此桃三千年一生实。』唯帝与母对坐，其从者皆不得进。时东方朔窃从殿南厢朱鸟牖中窥母，母顾之，谓帝曰：『此

隐没不见了。

汉武帝刘彻爱好成仙的道术，他祭祀名山大川以求神仙之道。当时西王母曾派遣使者乘着白鹿，向武帝报告她要来访的消息，武帝就在承华殿张设了帷帐，等待她光临。七月七日夜晚七刻，西王母乘着紫云车来到了殿的西南面，面朝东坐了下来，只见她头上戴着玉制的首饰，秀发浓密如云。有三只青鸟，如乌鸦般大小，在两旁侍候着西王母。当时宫殿里陈设燃点着九微灯。武帝在殿的东面，面朝向西，西王母从使者那里取来七只仙桃，都像弹丸一样大，拿了五只给武帝，自己吃两只。武帝吃桃子时，总是把桃核放在膝前，西王母问：『留这桃核干什么？』武帝回答说：

原

窥牖小儿，尝三来盗吾此桃。』帝乃大怪之。由此世人谓方朔神仙也。

君山有道与吴包山潜通，上有美酒数斗，得饮者不死。汉武帝斋七日，遣男女数十人至君山，得酒，欲饮之，东方朔曰：『臣识此酒，请视之。』因一饮致尽。帝欲杀之，朔乃曰：『杀朔若死，此为不验。以其有验，杀亦不死。』乃赦之。

译

『这桃子甘甜鲜美，我想种这桃树。』西王母笑着说：『这种桃树要三千年才结果一次。』当时只有武帝与西王母相对而坐，其他侍从都不能入内。这时候，东方朔偷偷地从殿南面厢房雕有朱鸟的窗户中窥视，西王母回头看了看他，对武帝说：『这个在窗上窥看的家伙，曾三次来偷我这桃子。』武帝大为惊异。从此世人都认为东方朔是个神仙。

君山下有一条通道，与吴地包山暗中相通，君山上有好几斗美酒，能喝到这种酒的人可以不死。汉武帝斋戒了七天，派了几十名男女到了君山，得到美酒，正准备喝，东方朔说：『我能辨别这酒的真假，请允许我看一看。』于是他端起酒来，一饮而尽。武帝想要杀他，东方朔就说：『你杀我，倘若我死了，说明这酒无效；若这酒真的灵验，你即便杀我，我也死不了。』武帝只好赦免了他。

卷玖

杂说上

原

老子云：『万民皆付西王母，唯王、圣人、真人、仙人、道人之命上属九天君耳。』

黄帝治天下百年而死。民畏其神百年，以其教百年，故曰黄帝三百年。

中古男子三十而妻，女二十而嫁。曾子曰：『弟子不学古知之矣，贫者不胜其忧，富者不胜其乐。』

昔西夏仁而去兵，城廓不修，武士无位，唐伐之，西夏亡。昔者玄都贤鬼神道，废人事天，其谋臣不用，龟筴是从，忠臣无禄，神巫用国。

榆州氏之君孤而无使，曲集进

译

老子说：『世间万民都归西王母统领，只有帝王、圣人、真人、仙人、道人的命运归九天君统领。』

黄帝治理天下一百年后死去。人民敬畏钦服他的神明一百年，又沿用他的教诲一百年，所以说黄帝治天下共三百年。

中古时，男子三十岁娶妻，女子二十岁出嫁。曾子说：『弟子们不按照古代礼制行事，结果可以知道了，贫困的人不堪愁苦，富贵的人不胜快乐。』

从前西夏国讲求仁爱，解除了军备武装，城墙不修缮，武士无地位，后来唐尧攻伐它，西夏便灭亡了。从前玄都国的国君尊崇鬼神之道，废弃人事，侍奉天意，他不任用有能力的谋臣，而是按占卜行事，忠臣没有官职，搞巫术的人反倒为国家所重用，因此玄都国最终也灭亡了。

榆州国的国君陷于孤立而无可供任用驱使的人，曲

原

伐之以亡。

昔有巢氏有臣而贵任之，专国主断，已而夺之。臣怒而生变，有巢以亡。

昔者清阳，强力四征，重丘遗之美女，不治国而亡。

昔有洛氏，宫室无常，囿池广大，人民困匮，商伐之，有洛以亡。

《神仙传》曰：『说上据辰尾为宿，岁星降为东方朔。傅说死后有此宿，东方生无岁星。』

曾子曰：『好吾者知吾美矣，恶我者知吾恶矣。』

思士不妻而感，思女不夫而孕。后稷生乎巨迹，伊尹生乎空桑。

箕子居朝鲜，其后伐燕，复之

译

集国进攻它，它就灭亡了。

从前，有巢氏手下不守为臣之道的大臣们获取了显贵的地位，有巢氏把国事托付给他们，将权柄授予他们，于是这帮人专擅国事，主宰裁断大权。后来，有巢氏夺回了权力。这班臣子恼怒之下制造了叛乱，有巢氏因之灭亡。

从前清阳国的国君凭借强大的军事力量，四处征伐，重丘国采用进献美女之计，结果使得清阳国君不理政事，终于导致了国家的灭亡。

从前有洛氏不断修建新的宫殿，扩大园林池沼，导致人民生活困苦，资财短缺。后来商汤攻伐它，有洛氏就灭亡了。

《神仙传》上说：『傅说升天后占据辰、尾二星之间，化作了傅说星；岁星降到人间，变成了东方朔。傅说死后，才有了傅说星；东方朔活着，天上便失去了岁星。』

曾子说：『喜爱我的人知道我好在何处，厌恶我的人知道我坏在哪里。』

原

朝鲜，亡入海为鲜国。师两妻墨色，珥两青蛇，盖句芒也。

汉兴多瑞应，至武帝之世特甚，麟凤数见。王莽时，郡国多称瑞应，岁岁相寻，皆由顺时之欲，承旨求媚，多无实应，乃使人猜疑。

子胥伐楚，燔其府库，破其九龙之钟。

蓍一千岁而三百茎，其本以老，故知吉凶。蓍末大于本为上吉，筮必沐浴斋洁食香，每日望浴蓍，必五浴之。浴龟亦然。明夷曰：『昔夏后筮乘飞龙而登于天。而牧占四华陶，陶曰：「吉。昔夏启筮徙九鼎，启果徙之。」』

译

思恋异性的男子不娶妻也能与女子交相感应；思恋异性的女子不嫁丈夫也能怀孕。后稷是其母亲踩中巨人足迹后怀孕生下来的，伊尹是他母亲变成空心桑树后从桑树中生下来的。

箕子受周武王之封定居在朝鲜，后来燕人攻伐朝鲜，在那里称王。当地人逃到海岛上，建立了鲜国。雨师妾国的人遍体黑色，耳朵上挂着两条青蛇，他们大概就是东方的木神句芒。

汉王朝兴起时，上天常常降下祥瑞，到武帝时期特别多，曾多次出现麒麟和凤凰。王莽篡汉时，各郡国称说祥瑞的事也不少，年年相继不断，都因为顺从时俗的欲望，对君王的意旨曲意逢迎，但祥瑞大多没有实际的应验，这就使人产生猜疑了。

伍子胥攻伐楚国，烧了楚国的仓库，砸碎了铸有九龙的钟。

原译

昔舜筮登天为神，牧占有黄龙神曰：『不吉。』武王伐殷而占蓍老，蓍老曰：『吉。』桀筮伐唐，而牧占荧惑曰：『不吉。』昔鲧筮注洪水，而牧占大明曰：『不吉，有初无后。』

蓍末大于本为卜吉，次蒿，次荆，皆如是。龟蓍皆月望浴之。

水石之怪为龙罔象，木之怪为夔罔两，土之怪为獖羊，火之怪为宋无忌。

蓍草长到一千年，同一根上有三百条茎，因为老，故此能知人世间的吉凶事。蓍草末梢大于根，最是吉利不过，用蓍占卜必须烧起香来，斋戒沐浴，整洁身心，每月初一、十五浸洗蓍草，必须浸洗五次才能占卜。浸洗龟甲也要如此。《明夷》上说：『从前夏代国君启占卜乘飞龙而登天，问卜于皋陶，占辞说：「吉」。过去夏启占卜迁移九鼎，后来果然迁移了。』

从前舜占卜登天变成神仙，问卜于黄龙神，占辞上说：『不吉。』周武王讨伐殷商前，问卜于老人，占辞上说：『吉。』夏桀进攻陶唐氏前，问卜于荧惑星，占辞上说：『不吉。』过去鲧占卜把洪水倾泻到江海中去，问卜于日月，占辞上说：『不吉，有始无终。』

蓍草末梢大于根是最吉利的，其次是蒿，其次是荆，都是此类情况。龟甲、蓍草都是初一、十五来浸洗的。

水中的精怪叫龙、罔象，山林中的精怪叫夔、罔两，土中的精怪叫獖羊，火中的精怪叫宋无忌。

龙

罔象

躨

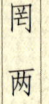

罔两

獖羊

宋无忌

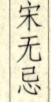

原 译

斗战死亡之处，其人马血积年化为燐。燐著地及草木如露，略不可见。行人或有触者，著人体便有光，拂拭便分散无数，愈甚有细咤声如炒豆，唯静住良久乃灭。后其人忽忽如失魂，经日乃差。今人梳头著衣时，有随梳解结有光者，亦有咤声。

在多有人马死亡的战场上，那儿人和马残留的血时间一久会化为磷火。磷火附着在地面及草木上就像霜露一样，肉眼难见。过路的行人偶然接触到它，它附到人体上便会发光，拂拭它就会分散为无数小颗磷火，如再用力拂拭，就会产生细微的爆裂声，就像炒豆的声响，只有停下来不动好久，才会熄灭。后来这个人会恍恍惚惚，好似丢失了魂灵，过一天后才能恢复正常。今人梳头和脱衣服的时候，往往在梳理和解衣带时会发光，也会发出爆裂声。

原

风山之首方高三百里，风穴如电突深三十里，春风自此而出也。何以知还风也？假令东风，云反从西来，诜诜而疾，此不旋踵，立西风矣。所以然者，诸风皆从上而下，或薄于云，云行疾，下虽有微风，不能胜上，上风来则反矣。

《春秋》书鼷鼠食郊牛，牛死。鼠之类最小者，食物当时不觉痛。世传云：亦食人项肥厚皮处，亦不觉。或名甘鼠。俗人讳此所啮，衰病之征。

鼠食巴豆三年，重三十斤。

译

风山的顶峰高三百里，山上有个风穴，如同电穴一样，深三十里，春风是从这里吹出去的。如何得知吹出的是旋风呢？如产生的是东风，云从相反方向的西面过来，云越聚越多，且十分迅捷，如此一来东风就变为西风了。之所以会这样，是因为各种各样的风都是自上而下的，有的逼近云层，云的飘行很快，下面即使有微风，也抵挡不住来自上面的风，上面的风一来就回头了，便形成了旋风。

《春秋》上记载：『鼷鼠吃郊祭牛的牛角，牛因此而死去。』鼷鼠是鼠类中最小的一种，被它啃吃的动物当时并不觉疼痛。世人传说，鼷鼠也吃人脖子上皮肉肥厚的地方，人也不感到疼痛。鼷鼠又名甘鼠。一般人都避忌这种老鼠，因为被它咬是衰弱疾病的征兆。

老鼠连吃三年巴豆，体重可达三十斤。